Ullstein Krimi

Ullstein Buch Nr. 10170
im Verlag Ullstein GmbH.
Frankfurt/M – Berlin – Wien
Titel der amerikanischen
Originalausgabe:
The Killer Inside Me
Übersetzt von Ute Tanner

Ungekürzte Ausgabe

Printed in Germany 1982
Umschlaggestaltung:
Herbert Göllnitz, Frankfurt
Umschlagfoto:
Photo Media, New York
Gesamtherstellung:
Ebner Ulm
ISBN 3 548 10170 4

August 1982

CIP-Kurztitelaufnahme
der Deutschen Bibliothek

Thompson, Jim:
Der Mörder in mir: Action-Thriller /
Jim Thompson. [Übers. von Ute Tanner]. –
Ungekürzte Ausg. – Frankfurt/M;
Berlin; Wien: Ullstein, 1982.
(Ullstein-Buch; Nr. 10170: Ullstein-
Krimi)
Einheitssacht.: The killer inside me ‹dt.›
ISBN 3-548-10170-4
NE: GT

Jim
Thompson

Der Mörder in mir

Action-Thriller

Mit einem Nachwort
von Martin Compart

Herausgegeben von
Bernd Jost

Ullstein Krimi

1

Ich hatte gerade mein Pie verdrückt und war bei der zweiten Tasse Kaffee, als ich ihn sah. Vor ein paar Minuten war der letzte Güterzug gekommen. Er spähte, eine Hand über die Augen haltend und gegen das Licht blinzelnd, durch das Lokalfenster. Als er sah, daß ich ihn beobachtete, verschwand sein Gesicht wieder in der Dunkelheit. Diese Penner denken immer, daß sie bei mir leichtes Spiel haben.

Ich zündete mir eine Zigarre an und rutschte von meinem Hocker herunter. Die Bedienung, eine Neue aus Dallas, sah zu, wie ich mir die Jacke zuknöpfte. »Sie haben ja nicht einmal eine Kanone«, sagte sie staunend.

»Nein.« Ich lächelte. »Keine Kanone, keinen Gummiknüppel, nichts dergleichen. Wozu?«

»Aber Sie sind doch ein Cop, ein Deputy Sheriff. Wenn nun so ein Gangster auf Sie schießt?«

»Wir haben nicht viele Gangster hier in Central City. Und Mensch ist Mensch, auch wenn er auf die schiefe Bahn gekommen ist. Wenn Sie ihm nichts tun, tut er ihnen auch nichts. Die meisten lassen mit sich reden.«

Sie schüttelte den Kopf und sah mich ehrfürchtig an. Ich ging zur Kasse. Der Besitzer, ein Grieche, schob mein Geld zurück und legte ein paar Zigarren drauf. Dann bedankte er sich noch einmal, daß ich mich um seinen Sohn gekümmert hatte.

»Er ist wie umgewandelt, Lou«, sagte er mit seinem komischen Akzent. »Abends geht er nicht mehr weg, und in der Schule klappt auch alles bestens. Und ständig sagt er, was der Deputy doch für ein prima Typ ist.«

»Was hab ich denn groß gemacht? Ich hab nur mal mit ihm geredet, mich ein bißchen für ihn interessiert. Das hätte jeder tun können.«

»Eben nicht. Nur weil Sie selber in Ordnung sind, kriegen Sie auch andere wieder hin.« Damit war das Thema offenbar für ihn beendet. Für mich noch nicht. Ich stützte mich auf den Tresen, kreuzte die Beine und nahm einen tiefen Zug aus der Zigarre. Ich mochte den Mann – soweit man bei mir überhaupt davon reden kann, daß ich jemanden mag –, aber diese Gelegenheit durfte ich mir nicht entgehen lassen. Typen wie er – höflich, intelligent –, die sind genau meine Kragenweite.

»Ich will Ihnen was sagen. So wie ich das sehe, kriegt man aus dem Leben nur das raus, was man einsetzt.«

Er rutschte ein bißchen unbehaglich hin und her. »Kann schon sein, Lou.«

»Neulich, wie ich so nachdachte, da ist mir eine ganz verrückte Idee gekommen, Max. Wie ein Blitz aus heiterem Himmel. Der Junge ist der Vater des Mannes. Einfach so. Der Junge ist der Vater des Mannes.«

Sein Lächeln wirkte mittlerweile ziemlich gezwungen. Es gibt nichts schlimmeres als einen Langweiler, der auch noch gefühlsduselig ist. Aber wie wird man einen netten, freundlichen Burschen wieder los, der dir bereitwillig sein letztes Hemd schenken würde?

»Ich hätte vielleicht Collegelehrer werden sollen oder so was«, sagte ich. »Selbst im Schlaf schlag ich mich noch mit Problemen herum. Nur ein Beispiel: Die Hitzewelle, die wir neulich hatten. Viele Leute denken, daß ihnen von der Hitze so heiß wird. Ganz falsch, Max. Die Feuchtigkeit macht's. Wetten, daß Sie das noch nicht gewußt haben?«

Er räusperte sich und murmelte, daß er in der Küche gebraucht wurde. Ich tat, als hätte ich nichts gehört.

»Und noch was zum Wetter. Jeder redet davon, aber keiner tut was dagegen. Ist vielleicht auch besser so. Jedes Wölkchen hat seinen Silberstreif. Ohne Regen kein Regenbogen.«

»Lou –«

»Na ja, dann werde ich jetzt mal abschieben. Ich hab noch einiges auf dem Programm, und ich will nicht hetzen. Eile mit Weile. Nur überlegen macht überlegen.«

Sicher, das war ziemlich starker Tobak, aber ich konnte es nicht lassen. Mit Worten zuschlagen ist fast so gut wie das andere, das richtige Zuschlagen. Das ich mit viel Mühe versucht habe zu verdrängen. Das ich fast verdrängt hatte – bis ich sie kennenlernte.

Ich dachte an sie, als ich in die kühle Texasnacht hinaustrat, wo der Penner auf mich wartete.

2

Central City entstand 1870, aber eine richtige Stadt ist daraus erst vor zehn, zwölf Jahren geworden. Viel Vieh und etwas Baumwolle wurden hier umgeschlagen, und Chester Conway, der in Central City zur Welt gekommen ist, hat dort seine Conway Construction Company gegründet, aber der Ort blieb trotzdem nicht viel mehr als eine Verbreiterung einer Durchgangsstraße in Texas – bis der Ölboom kam. Da schnellte fast über Nacht die Bevölkerung auf 48000 empor.

Die Stadt liegt in einem kleinen, ganz von Bergen umgebenen Tal. Für Zuzügler gab es da nicht genug Platz, sie mußten sich mit ihren Häusern und Geschäften nach allen Richtungen ausbreiten, und jetzt waren sie über ein Drittel des ganzen Kreises verstreut. In der Ölboomgegend ist das nichts Besonderes, da gibt es viele Städte wie unsere. Sie haben alle keine regulären Polizeibeamten, höchstens ein, zwei Constables. Für den Ordnungsdienst in der Stadt und im Kreis sorgt das Büro des Sheriffs.

Das läuft im allgemeinen recht gut – jedenfalls sehen wir das so –, nur ab und zu schlägt mal einer über die Stränge, und dann nehmen wir den großen Besen und räumen mal richtig auf. Bei einer dieser Aufräumaktionen – ein Vierteljahr ist das jetzt her – habe ich sie kennengelernt.

»Eine gewisse Joyce Lakeland«, sagte Bob Maples, unser alter Sheriff. »Wohnt draußen an der Derrick Road, vier oder fünf Meilen von hier, hinter der alten Branch-Farm. Sauberes kleines Häuschen, hinter dem Schwarzeichenbestand.«

»Kenne ich. Horizontales Gewerbe?«

»Ich glaube schon, aber sie macht es ziemlich diskret. Mit Wanderarbeitern und Cowboys läßt sie sich nicht ein. Wenn mich nicht ein paar von unseren Pfaffen so genervt hätten, würde ich sie überhaupt in Ruhe lassen.«

Ob er da wohl auch seinen Schnitt machte? Nein, Bob Maples mochte keine geistige Leuchte sein, aber er war eine grundehrliche Haut.

»Und was soll ich dieser Joyce Lakeland sagen?« wollte ich wissen. »Daß sie mal 'ne Weile Pause machen soll? Oder daß es für sie gesünder ware, ganz von hier zu verschwinden?«

»Tja . . .« Er kratzte sich stirnrunzelnd am Kopf. »Wenn ich das wüßte, Lou. Aber ich sag dir was: Fahr einfach mal hin, sieh sie dir an und tu, was du für das Beste hältst. Und sei nett zu ihr. Aber das bist du ja immer. Daß du auch energisch werden kannst, wenn's sein muß, das weiß ich. Meine Unterstützung hast du in jedem Fall.«

Früh um zehn war ich da. Ich fuhr auf den Vorplatz, wendete, damit ich leichter wegfahren konnte, und stieg aus. Das Nummernschild war nicht zu sehen, aber das war keine Absicht. Sollte wohl so sein.

Ich stieg die Stufen zur Veranda hinauf, klopfte und nahm meinen Stetson ab. So ganz wohl war mir nicht in meiner Haut, ich wußte nicht recht, was ich zu ihr sagen sollte. Mag sein, daß man uns für ein bißchen altmodisch hält, aber wir haben nun mal andere Benimmregeln als im Osten oder im Mittelwesten. Bei uns sagt man *Ja, Ma'am* und *Nein, Ma'am* zu allem, was einen Rock trägt. Das heißt: Zu allem, was weiß ist. Wenn du hier draußen einen Mann mit runtergelassenen Hosen erwischst, entschuldigst du dich erst mal, selbst wenn du ihn hinterher verhaften mußt. Hier draußen bist du ein Mann, ein Gentleman – oder gar nichts.

Die Tür ging auf. Ein paar Zentimeter nur. Dann öffnete sie sich ganz, und sie stand da und sah mich an. »Ja?« fragte sie kühl.

Sie trug eine kurze Pyjamahose und einen Wollpullover, das braune Haar war verwuschelt, und das ungeschminkte Gesicht wirkte verschlafen, aber das war alles unwichtig. Die Frau war klasse.

Sie gähnte ungeniert und fragte noch einmal: »Ja?«, aber ich kriegte immer noch kein Wort heraus. Ich muß sie angeglotzt haben wie ein Dorftrottel. Mit offenem Mund. Das war vor drei Monaten, und es war seit fast fünfzehn Jahren nicht mehr über mich gekommen. Damals war ich fünfzehn gewesen. Sie war nicht viel größer als einsfünfzig und mochte so um die neunzig Pfund wiegen, und ihre Fuß- und Handgelenke waren ein bißchen mickrig, aber das störte nicht. Der liebe Gott hatte ihr die Rundungen genau an den richtigen Stellen verpaßt.

Unvermittelt lachte sie auf. »Also meinetwegen, kommen Sie

rein. So früh am Morgen mach ich es sonst eigentlich nicht, aber . . .« Sie machte eine einladende Bewegung, ich trat ein, sie machte die Tür zu und schloß hinter mir ab.

»Entschuldigen Sie, Ma'am, aber –«

»Geht schon in Ordnung. Aber erst brauch ich einen Kaffee. Gehen Sie schon immer nach hinten.«

Ich ging durch die kleine Diele zum Schlafzimmer. Unruhig horchte ich, wie sie Wasser für den Kaffee einließ. Ich hatte mich wie ein Idiot benommen. Nach diesem Auftakt würde es schwer halten, energisch zu werden, und ich hatte so das Gefühl, daß ein bißchen Energie hier durchaus angebracht gewesen wäre. Warum? Das konnte ich damals so wenig sagen, wie ich es heute kann. Ich konnte nur so viel sagen: Die Kleine da wußte, was sie wollte, und was sie wollte, das würde sie sich holen. Um jeden Preis.

Aber das war eben nur so ein Gefühl. Sie hatte sich anständig verhalten, und das Haus war abgelegen und unauffällig. Ich würde sie vorerst in Ruhe lassen. Warum auch nicht? Und dann sah ich zufällig in den Spiegel über dem Ankleidetisch, und ich wußte, warum nicht. Die oberste Schublade des Ankleidetisches stand einen Spaltbreit offen, und der Spiegel war leicht gekippt. Und Damen vom horizontalen Gewerbe sind eine Sache, Damen vom horizontalen Gewerbe, die eine Kanone bei sich haben, wieder eine andere.

Als sie mit dem Kaffeetablett erschien, nahm ich gerade die 32er Automatic heraus. Sie funkelte mich an und stellte das Tablett mit einem zornigen Ruck ab. »Was machen Sie denn mit diesem Ding?« Ich machte die Jacke auf und zeigte ihr den Stern. »Büro des Sheriffs, Ma'am. Was machen *Sie* denn mit diesem Ding?«

Sie sagte kein Wort, griff sich ihre Handtasche und holte den Waffenschein heraus. Ausgestellt in Fort Worth, ganz vorschriftsmäßig. So was wird ja meist von einer Stadt zur anderen anerkannt.

»Zufrieden, Bulle?«

»Ich denke schon, aber mein Name ist Ford.« Ich lächelte gewinnend, aber sie lächelte nicht zurück. Ich hatte also den richtigen Riecher gehabt. Eben noch war sie scharf auf mich gewesen, und vermutlich hätte es keinen Cent gekostet, aber jetzt war sie scharf auf etwas anderes, und ich war ihr völlig schnuppe.

»So geht's«, sagte sie bitter. »Da steht endlich mal ein passabel aussehender Typ vor der Tür, und was stellt sich heraus? Ein Schnüffler ist er, ein Bulle. Wieviel willst du? Mit Bullen mach ich's nämlich nicht.«

Ich merkte, daß ich rot wurde. »Das ist aber nicht sehr höflich, Lady. Ich wollte ja nur mal mit Ihnen reden.«

»Ich hab dich gefragt, was du verlangst, du Trottel.«

»Das will ich Ihnen sagen. Ich verlange, daß Sie bis Sonnenuntergang Central City verlassen, sonst sperre ich Sie ein. Wegen Prostitution.«

Ich setzte mit Schwung meinen Hut wieder auf und ging zur Tür. Sie vertrat mir den Weg. »Du Dreckskerl, du –«

»Ich warne Sie, Ma'am . . .«

»Du kannst mich mal gern haben. Dreckskerl. Saftsack. Pinkel.«

Ich versuchte, mich an ihr vorbeizudrängen. Ich mußte weg von hier. Ich wußte, was sonst passieren würde, und das durfte nicht passieren. Ich konnte sie umbringen, es konnte wieder über mich kommen, aber auch wenn mir das erspart blieb, war ich erledigt. Sie würde reden. Reden wie ein Wasserfall. Und die Leute würden anfangen nachzudenken. Sich auf das zu besinnen, was vor fünfzehn Jahren gewesen war.

Sie schlug mich so heftig ins Gesicht, daß ich die Engel im Himmel singen hörte. Der Hut flog mir vom Kopf. Ich bückte mich, um ihn aufzuheben, und da hieb sie ihr Knie gegen mein Kinn.

Ich taumelte zurück und setzte mich auf den Boden. Sie lachte. Erst klang es richtig gemein, dann fast ein bißchen entschuldigend. »Das habe ich nicht gewollt, Sheriff. Ich – ich habe plötzlich so eine Wut gekriegt . . .«

»Schon gut.« Ich konnte jetzt wieder einigermaßen klar sehen und hatte auch meine Stimme wiedergefunden. »Ich kann Ihnen das nachfühlen, Ma'am, mir ist es früher selber so gegangen. Helfen sie mir hoch?«

»Sie – Sie tun mir doch nichts?«

»Aber Ma'am, was denken Sie denn von mir?«

»Nein, natürlich tun Sie mir nichts«, sagte sie fast enttäuscht. »Das sieht man ja gleich, daß Sie ein Schlappschwanz sind.« Sie streckte mir die Hände hin.

Ich zog mich hoch, packte ihre Handgelenke mit einer Hand und versetzte ihr einen Hieb, der ihr fast das Bewußtsein nahm. Nicht ganz. Sie sollte nämlich noch mitkriegen, was mit ihr passierte.

Ich fletschte die Zähne. »Nein, Baby, ich tu dir nichts. Ich doch nicht. Ich hau dir nur den Hintern voll, bis du nicht mehr weißt, daß du einen hast.«

Ich zog ihr den Pullover über den Kopf und knotete ihn zusammen, warf sie aufs Bett, zog ihr die Schlafanzughose aus und band ihr damit die Füße zusammen. Dann nahm ich meinen Gürtel ab und hob ihn hoch über den Kopf.

Ich weiß nicht, wieviel Zeit verging, bis ich aufhörte und wieder zur Besinnung kam. Ich wußte nur, daß mein Arm höllisch weh tat, daß ihre Kehrseite ein einziger roter Striemen war und daß ich Angst hatte. Eine Sauangst.

Ich befreite ihre Hände und ihre Füße, zog ihr den Pullover aus, tränkte ein Handtuch mit kaltem Wasser und legte es ihr auf. Ich goß ihr Kaffee zwischen die Lippen, und ich redete. Redete wie ein Buch. Bat sie um Verzeihung, sagte, wie leid es mir tat.

Ich kniete am Bett nieder und entschuldigte mich, demütig wie ein Bettler. Endlich zuckten ihre Lider. Sie schlug die Augen auf.

»Nicht«, flüsterte sie und streifte mit ihren Lippen über meinen Mund. »Sag nicht, daß es dir leid tut.« Und dann küßte sie mich wieder, griff nach meinem Schlips, meinem Hemd, begann mich auszuziehen. Nachdem ich sie halb umgebracht hatte.

Am nächsten Tag fuhr ich wieder hin und an dem danach auch. Und so ging es weiter. Es war wie ein Wind, der auf ein erlöschendes Feuer weht. Ich fing an, mich mit allen möglichen Leuten anzulegen, fing an zu sticheln, ohne dabei eine Miene zu verziehen. Das Sticheln, dieses verdammte Sprücheklopfen war ein Ersatz, weil ich ihnen sonst nichts tun konnte. Und ich begann darüber nachzudenken, wie eine Abrechnung mit Chester Conway, dem Boss der Conway Construction Company, aussehen könnte.

Das soll nicht heißen, daß ich darüber noch nie nachgedacht hätte. Vielleicht war ich nur so lange in Central City geblieben, weil ich immer noch hoffte, es ihm eines Tages heimzahlen zu können. Aber ohne sie hätte ich wahrscheinlich nie was unternommen. Durch sie wurde aus der alten Glut wieder ein Feuer. Und sie zeigte mir auch eine Möglichkeit, die Sache mit Conway ins reine zu bringen. Sie wußte es nur nicht. Es war etwa sechs Wochen, nachdem wir uns kennengelernt hatten.

»Lou, ich mag so nicht weitermachen«, sagte sie. »Laß uns weggehen aus diesem miesen Nest.«

»Bist du verrückt?« Es war heraus, ehe ich richtig hatte nachdenken können. »Du glaubst doch nicht im Ernst, daß ich –«

»Tu dir keinen Zwang an, Lou, sag's ruhig.« Sie verfiel in unseren leicht näselnden Texastonfall, das machte sie sehr gut. »Wir Fords, Ma'am, sind eine gute alte Familie, jawohl, Ma'am, wir tun uns nicht mit billigen Nutten zusammen, so was kommt für uns nicht in Frage . . .«

Da war was dran, eine ganze Menge sogar. Aber es war nicht die Hauptsache. Wenn ich bei ihr war, wurde es schlimmer mit mir. Das war es. Und wenn ich nicht bald Schluß machte, würde ich in einer Gummizelle landen. Oder auf dem elektrischen Stuhl.

»Sag's, Lou. Los, sag's. Ich geb dir dann schon raus.«

»Auf Drohungen steh ich nicht, Baby.«

»Das ist keine Drohung, ich sag's, wie es ist. Du denkst, du bist zu gut für mich. Aber ich geb dich nicht auf. Nie. Wenn du jetzt noch zu gut für mich bist, dann sorg ich schon dafür, daß sich das ändert.«

Ich gab ihr einen langen, harten Kuß. Baby war nämlich schon tot. Baby wußte es bloß noch nicht. Und ich glaube, ich hab sie nie mehr geliebt als in diesem Augenblick.

»Du hast dich völlig umsonst aufgeplustert, Baby. Ich hab an ganz was anderes gedacht. Für so was braucht man nämlich Geld.«

»Ich hab Geld. Und ich kann noch mehr beschaffen. Viel mehr.«

»Ach nee . . .«

»Ehrenwort, Lou. Er ist verrückt nach mir. Und strohdumm. Wenn sein Alter wüßte, daß ich ihn heiraten will –«

»Von wem redest du da eigentlich, Joyce?«

»Von Elmer Conway. Den kennst du doch, nicht? Der alte Conway . . .«

»Klar kenn ich die Conways. Und die willst du anzapfen? Wie denn?«

Wir lagen auf dem Bett und besprachen die Sache, und irgendwann in der Nacht war mir, als ob eine Stimme flüsterte: *Schlag dir das aus dem Kopf, Lou, es bringt nichts, noch ist es nicht zu spät, hör auf damit.* Ich hab versucht, mir die Sache aus dem Kopf zu schlagen, ehrlich. Aber gleich darauf griff sie nach meiner Hand und legte sie auf ihre Brust und fing an zu zucken und zu stöhnen. Und da ist dann der Plan in meinem Kopf dringeblieben.

»Zu machen wäre es«, sagte ich ein bißchen später. »Klappt es nicht beim ersten Streich, tu den nächsten allsogleich.«

»Wie meinst du?«

»Oder anders ausgedrückt: Wo ein Wille ist, da ist auch ein Weg.«

Sie wand sich ein bißchen, und dann fing sie an zu lachen. »Du bist doch wirklich ein irrer Typ, Lou. So was wie dich gibt's nicht noch mal.«

Die Straße war dunkel. Ich war ein paar Häuser von dem Lokal des Griechen entfernt, und der Penner stand da und sah mich an. Er war ein junger Kerl, etwa in meinem Alter, und der Anzug, den er trug, hatte entschieden schon bessere Zeiten gesehen.

»Hast du nicht 'ne Kleinigkeit für mich, Kumpel?« fragte er. »Mich hat's ganz schön rumgehauen in letzter Zeit, und wenn ich nicht bald was in den Bauch kriege . . .«

»Was zum Aufwärmen, wie?«

»Ich wär dir wirklich sehr dankbar, wenn . . .«

Ich nahm mit einer Hand die Zigarre aus dem Mund und tat, als ob ich mit der anderen in die Tasche griff. Dann packte ich ihn am Handgelenk und drückte ihm den Zigarrenstummel in die Handfläche.

Fluchend versuchte er sich loszumachen. »Was soll denn das?«

Ich lachte und zeigte ihm meine Dienstmarke. »Verpiß dich.«

»Klar doch, aber klar.« Er zog sich zurück, aber er schien weder besondere Angst zu haben noch besonders wütend zu sein, es war eher so was wie Interesse in seiner Stimme. Oder Neugier. »Aber an deiner Stelle würde ich ein bißchen vorsichtig sein mit dem Quatsch«, sagte er noch. »So was kann leicht mal ins Auge gehen.« Er machte kehrt und ging zum Bahnhof hinüber.

Ich sah ihm nach, mit einem ganz miesen, zittrigen Gefühl, und dann stieg ich in den Wagen und fuhr zum Gewerkschaftshaus.

3

Das Gewerkschaftshaus von Central City ist in einer Seitenstraße, zwei Blocks vom Gericht entfernt. Der alte, zweigeschossige Backsteinbau ist nichts Besonderes. Das Erdgeschoß ist an einen Billardklub vermietet, oben sind die Gewerkschaftsbüros und der Versammlungssaal. Ich ging die Treppe hinauf und den dunklen Gang entlang bis zu der Tür, die zu den feinsten Büros führte, die das Haus zu bieten hatte. Auf der Glasscheibe stand:

Central City, Texas
Building Trades Council
Joseph Rothman, Präsident

Rothman machte die Tür auf, noch ehe ich den Knauf drehen konnte.

»Gehen wir nach hinten«, sagte er und schüttelte mir die Hand. »Tut mir leid, daß ich dich so spät noch hergebeten habe, aber du bist im öffentlichen Dienst, da hab ich mir gedacht, es ist besser so.«

Ich nickte und wünschte, ich hätte mich um das Gespräch ganz herumdrücken können. Das Recht ist bei uns hier draußen eine ziemlich einseitige Sache, und ich wußte schon, worüber er mit mir reden wollte.

Rothman war um die Vierzig, klein und gedrungen, mit scharfen schwarzen Augen und einem Kopf, der zu groß für seinen Körper zu sein schien. Er hatte eine Zigarre zwischen den Lippen, die er aber weglegte, nachdem er sich an seinen Schreibtisch gesetzt hatte. Dafür rollte er sich eine Zigarette, zündete sie an und blies den Rauch über das Streichholz, wobei er es vermied, mich anzusehen.

»Lou«, fing er an und stockte einen Augenblick. »Ich muß dir was sagen. Natürlich streng vertraulich. Aber erst möchte ich dich noch etwas fragen. Wahrscheinlich ist es für dich ein heikles Thema, aber – wie standest du zu Mike Dean?«

»Wie ich zu ihm stand? Wie meinst du das, Joe?«

»Er war ja dein Pflegebruder, nicht? Dein Vater hatte ihn adoptiert.«

»Ja. Dad war Arzt und –«

»Ich weiß, und ein sehr guter Arzt, wie ich höre. Entschuldige, Lou, ich wollte dich nicht unterbrechen.«

Es war ein richtiges Vorgeplänkel, einer tastete den anderen ab, jeder sagte Dinge, von denen er wußte, daß der andere sie schon tausendmal gehört hat. Rothman hatte mir offenbar etwas Wichtiges zu sagen, aber es ging ihm darum, sich möglichst vorsichtig an die Sache heranzupirschen. Na schön, sollte er. Ich war kein Spielverderber.

»Er und die Deans waren alte Freunde. Als sie bei der großen Grippeepidemie umkamen, hat er Mike adoptiert. Meine Mutter war gestorben, als ich noch ein Baby war. Mike und ich würden uns gegenseitig Gesellschaft leisten können, hat er gemeint. Ob die Haushälterin nun für zwei Kinder sorgte statt für eins, spielte schließlich keine Rolle.«

»Und wie hast du dich dazu gestellt, Lou? Du warst der einzige Sohn, der Erbe. Und da bringt plötzlich dein Dad einen zweiten Sohn an. Ist dir das nicht ein bißchen gegen den Strich gegangen?«

Ich lachte. »Komm, Joe, jetzt bleib aber mal auf dem Teppich. Ich war damals vier, und Mike war sechs. In dem Alter denkt man noch nicht an Geld, und außerdem hat Dad nie welches gehabt. Er war zu gutmütig, um seine Patienten zu mahnen.«

»Du mochtest Mike also?« Es klang nicht ganz überzeugt.

»Er war der anständigste Kerl, den man sich denken kann. Meinen eigenen Bruder hätte ich nicht lieber haben können.«

»Auch nach dem, was er getan hat?«

»Ich verstehe dich nicht . . .«

Rothman hob die Augenbrauen. »Ich habe Mike auch gern gehabt, Lou. Aber Tatsachen sind nun einmal Tatsachen. Die ganze Stadt weiß, daß er, wenn er nur ein bißchen älter gewesen wäre, auf dem elektrischen Stuhl gelandet wäre statt in der Erziehungsanstalt.«

»Von Wissen kann hier überhaupt keine Rede sein. Man hat ihm nie etwas beweisen können.«

»Das Mädchen hat ihn identifiziert.«

»Ein Kind von noch nicht mal drei Jahren? Die hätte doch jeden identifiziert, den man ihr gezeigt hätte.«

»Mike hat es zugegeben, und sie haben noch ein paar andere Fälle ausgegraben.«

»Mike hatte Angst, er wußte nicht, was er sagte.«

Rothman schüttelte den Kopf. »Laß gut sein, Lou. Mich interessiert weniger diese alte Geschichte als die Frage, wie du zu Mike gestanden hast. War es dir nicht unangenehm, als er nach Central City zurückkam? Wäre es nicht besser gewesen, er wäre weggeblieben?

»Nein. Dad und ich wußten, daß Mike es nicht getan hat. Ich meine . . .« Ich zögerte. »Wir kannten Mike, wir wußten, daß er es nicht gewesen sein konnte.« *Weil ich es war. Weil Mike meine Schuld auf sich genommen hatte.* »Ich wollte, daß Mike zurückkam. Und Dad wollte es auch.« *Er hoffte, Mike würde ein bißchen auf mich aufpassen.* »Dad hat monatelang alle seine Beziehungen spielen lassen, Joe, um Mike den Job bei der Bauaufsicht zu verschaffen. Das war gar nicht so einfach, obgleich Dad so beliebt war und auch einigen Einfluß hatte. Die Leute waren Mike gegenüber einfach voreingenommen.«

Rothman nickte. »Du warst nicht vielleicht doch ein bißchen erleichtert, als Mike verunglückte?«

»Der Kummer hat Dad umgebracht, er hat sich nie mehr davon erholt. Und ich . . . ja, ich kann nur sagen, daß ich wünschte, ich wäre an Mikes Stelle gewesen.«

Rothman lächelte. »Okay, Lou, jetzt bin ich dran. Mike ist vor sechs Jahren tödlich verunglückt. Er kletterte auf einem Gerüst der New Texas Apartments herum, es war eine Baustelle der Conway Construction, und ist dabei offenbar auf eine lose Niete getreten. Er warf sich nach hinten, um nicht ins Freie, sondern ins Gebäude hinein, auf die Deckplanken zu fallen. Aber die Böden waren nicht richtig abgedeckt, nur ein paar einzelne Latten waren hier und da verlegt, und Mike stürzte bis in den Keller hinunter.«

Ich nickte. »Und was weiter, Joe?«

»Was weiter?« Rothmans Augen blitzten. »Das fragst du mich, obgleich . . .«

»Als Präsident der Baugewerkschaften unterstehen dir auch die Betonarbeiter, Joe. Ihr seid gemeinsam dafür verantwortlich, daß jedes Stockwerk abgedeckt ist, wenn ein Bau hochgezogen wird.«

»Du redest wie ein Rechtsanwalt.« Rothman hieb mit der flachen Hand auf den Schreibtisch. »Die Betonarbeiter haben hier eine schwache Position. Conway wollte nicht abdecken, und wir konnten ihn nicht dazu zwingen.«

»Ihr hättet streiken können.«

Rothman zuckte die Schultern. »Dann war das wohl ein Irrtum meinerseits, Lou. Ich habe gedacht, du wolltest sagen . . .«

»Du hast mich schon verstanden, Joe. Wir wollen uns doch nichts vormachen. Conway hat es mit den Vorschriften nicht so genau genommen, weil er Geld machen wollte. Und du hast ein Auge zugedrückt – weil du auch Geld machen wolltest. Damit will ich nicht sagen, daß es deine Schuld war, aber seine auch nicht. Es war einfach verdammtes Pech.«

»Bißchen komische Einstellung, Lou. Du scheinst ja an die Sache ziemlich unterkühlt heranzugehen. Aber wenn du so darüber denkst, ist es vielleicht besser –«

»Es ist vielleicht besser, wenn ich weiterrede«, unterbrach ich ihn. »Als Mike stürzte, war noch ein Mann da oben, ein Nieter. Eigentlich war schon Feierabend. Er war allein da oben. Aber zum Nieten braucht man immer zwei, sonst funktioniert es nicht. Also, wirst du jetzt sagen, hatte der Mann da oben eigentlich gar nichts zu suchen. Falsch, Joe. Vielleicht hat er ja bloß sein Handwerkszeug zusammengesucht.«

»Aber du weißt noch nicht alles, Lou. Dieser Mann –«

»– war ein Gelegenheitsarbeiter, ich weiß, der keinen Cent in der Tasche hatte, als er in die Stadt kam. Drei Tage nach Mikes Tod ist er in einem nagelneuen Chevy wieder weggefahren, den er bar bezahlt hatte. Zugegeben, das sieht ein bißchen komisch aus, braucht aber nichts weiter zu bedeuten. Er kann die Kohlen ja beim Poker gewonnen haben oder –«

»Du weißt noch immer nicht alles, Lou. Conway –«

»Jetzt laß mich mal reden, Joe. Conway hatte nicht nur die Bauausführung, sondern auch die Bauplanung. Und er hatte nicht genug Platz für die Kessel kalkuliert. Um sie einbauen zu können, mußte er entweder gewisse Änderungen vornehmen, die Mike nie genehmigt hätte, was er ganz genau gewußt hat, oder etliche hunderttausend Dollar ans Bein binden.«

»Weiter, Lou.«

»Was blieb ihm übrig? Er mußte den Verlust schlucken, so unsympathisch ihm das auch war.«

Rothman lachte kurz auf. »Ich war selber an dem Bau beteiligt und –«

Ich sah ihn ein bißchen erstaunt an. »Er hat doch den Verlust geschluckt – oder? Mal abgesehen von Mikes Unfall – bei einer so gefährlichen Situation konntet ihr euch einfach nicht blind stellen. Ihr seid mitverantwortlich, man kann euch verklagen und euch ein Verfahren wegen Verdunkelung an den Hals hängen. Ihr –«

Rothman räusperte sich. »Du hast natürlich völlig recht, Lou. Natürlich hätten wir für keinen Betrag der Welt die Köpfe hingehalten.«

»Eben. Du hast dir das einfach noch nicht richtig überlegt, Joe. Du bist bisher ganz gut mit Conway ausgekommen, und jetzt plötzlich will er die Gewerkschaften ausbooten, und das stinkt dir. Ist ja klar. Wenn es wirklich ein Mord gewesen wäre, hättest du vermutlich nicht sechs Jahre gewartet.«

»Ja. Nein. Ich meine – natürlich nicht.« Er rollte sich die nächste Zigarette. »Sag mal, Lou, wie hast du das alles eigentlich rausgekriegt?«

»Ach, weißt du, ich komme ziemlich viel rum. Und wenn geredet wird, schnappe ich natürlich so dies und jenes auf.«

»Ich wußte gar nicht, daß so viel darüber geklatscht worden ist. Und du hast nie daran gedacht, etwas zu unternehmen?«

»Wozu? Es waren ja nur Gerüchte. Conway ist ein angesehener Geschäftsmann, so ziemlich der größte Bauunternehmer in Westtexas. Der würde sich ebensowenig in eine Mordgeschichte hineinziehen lassen wie du einen Mord vertuschen würdest.«

Rothman sah mich scharf an, dann starrte er auf seine Schreibtischplatte herunter. »Weißt du, wie viele Tage im Jahr ein Stahlarbeiter beschäftigt ist?« fragte er leise. »Weißt du, welche Lebenserwartung er hat? Hast du schon mal einen alten Stahlarbeiter gesehen? Hast du dir mal überlegt, daß es viele Möglichkeiten des Sterbens gibt, aber nur einen Tod?«

»Eigentlich nicht. Und ich weiß auch nicht so recht, worauf du hinaus willst, Joe.«

»Vergiß es. Ist nicht weiter wichtig.«

»Klar, die Jungs haben es sicher nicht leicht«, sagte ich. »Aber jetzt will ich dir mal sagen, wie ich die Sache sehe, Joe. Es gibt kein Gesetz, das ihnen vorschreibt, ihr Leben lang an einem Beruf zu kleben. Wenn's ihnen nicht gefällt, können sie ja was anderes machen.«

Er nickte. »Ist doch erstaunlich, wie klar manchmal ein Außenstehender die Probleme durchschaut. Sollen sie doch was anderes machen, wenn's ihnen nicht gefällt. Das ist gut. Ehrlich, verdammt gut ist das.«

»Danke für die Blumen, aber so super war es nun auch wieder nicht.«

»Doch, Lou, wirklich, das war sehr aufschlußreich. Du überraschst mich, Lou. Ich kenne dich nun seit Jahren, und plötzlich entpuppst du dich als tiefschürfender Denker. Vielleicht hast du auch für unsere größeren Probleme eine Patentlösung parat, für die Negerfrage zum Beispiel?«

»Sehr einfach. Ich würde sie alle nach Afrika zurückschicken.«

»Aha.« Er stand auf und streckte mir die Hand hin. »Tut mir leid, daß ich dich umsonst hergeholt habe, Lou, aber es war nett, mit dir zur reden. Sollten wir öfter mal machen.«

»Von mir aus gern«, sagte ich.

»Offiziell waren wir natürlich nicht zusammen, kapiert?«

»Alles klar.«

Wir redeten noch ein bißchen hin und her, und dann gingen wir zusammen zur Tür, die in den Gang führte. Joe Rothman sah die Tür an, sah mich an. »Habe ich die vorhin nicht zugemacht?«

»Ich glaube schon.«

»Na, ist ja nichts weiter passiert. Darf ich dir in deinem eigenen Interesse noch einen Rat geben, Lou?«

»Schieß los, Joe.«

»Deine dummen Sprüche kannst du dir in den Hintern stecken.« Er grinste mich an. Eine Minute blieb es totenstill. Aber es kam nichts mehr, er hatte gesagt, was er zu sagen hatte. Schließlich fing ich auch an zu grinsen.

»Ich weiß nicht, wozu die gut sein sollen, Lou, ich weiß überhaupt nichts, verstehst du? Aber ich würde an deiner Stelle vorsichtig sein. Die Masche ist gut, aber man kann's auch übertreiben.«

»Das hast du dir ein bißchen selber zuzuschreiben, Joe«, sagte ich.

»Jetzt weißt du, warum. Und ich bin nicht besonders clever, sonst wär ich kein mieser kleiner Gewerkschaftsfunktionär.«

»Schon kapiert.«

Wir schüttelten uns noch die Hand, und er blinzelte mir zu, und ich ging über den dunklen Gang die Treppe hinunter.

4

Nach Dads Tod hatte ich eigentlich das Haus verkaufen wollen. Ich hatte ein paar gute Angebote gehabt, weil es direkt am Rand des Geschäftsviertels lag, aber irgendwie konnte ich mich nicht davon trennen. Die Steuern waren happig, und ich hatte zehnmal mehr Platz, als ich brauchte, aber ich brachte es nicht fertig, zu verkaufen. Irgendwas sagte mir, daß es besser wäre, noch abzuwarten.

Ich fuhr den Parkweg entlang zu unserer Garage, rollte hinein und schaltete die Scheinwerfer aus. Die Garage war früher eine Scheune gewesen, war es eigentlich immer noch, und ich blieb noch einen Augenblick im Wagen sitzen und schnupperte. Es roch nach vergammelndem Hafer, nach Heu und nach Stroh. Und ich träumte von früheren Zeiten. In den beiden vorderen Verschlägen hatten Mike und ich unsere Ponys gehabt, hier hinten war unsere Räuberhöhle gewesen. An der Decke hatten wir Schaukeln und Turngeräte angebracht, und aus der Pferdetränke hatten wir ein Planschbecken gemacht. Und oben auf dem Boden, wo jetzt die Ratten herumliefen, hatte Mike mich mit der Kleinen –

Eine Ratte quietschte auf.

Ich stieg aus dem Wagen und machte, daß ich herauskam. Ob ich deshalb hiergeblieben war – um mich zu bestrafen?

Ich betrat das Haus durch die Hintertür und schaltete im Erdgeschoß überall das Licht an. Dann ging ich zurück in die

Küche, kochte mir Kaffee und ging mit der Kanne in Dads früheres Sprechzimmer. Ich setzte mich in seinen großen alten Ledersessel, trank langsam meinen Kaffee und rauchte. Und allmählich löste sich die Spannung in mir.

Es hatte mir schon immer gutgetan, hierherzukommen, schon, als ich nicht größer als ein Dreikäsehoch gewesen war. Es war, als wenn man aus der Dunkelheit an die Sonne kommt, aus dem Sturm in die Stille. Aus der Verlorenheit in das Geborgensein. Ich stand auf und ging an den Bücherregalen entlang, an den endlosen Stößen psychiatrischer Literatur, den dicken Bänden morbider Psychologie. Krafft-Ebing, Jung, Freud, Bleuler, Adolf Meyer, Kretschmer, Kraepelin. Da waren alle Antworten, ganz offen, jeder konnte sie sehen. Und niemand war beängstigt oder entsetzt. Ich kam aus meinem Versteck hervor, aus dem Versteck, in das ich mich immer verkriechen mußte, und begann tief Luft zu holen.

Ich nahm einen Sammelband einer deutschen Zeitschrift heraus und begann zu lesen, stellte ihn zurück, nahm einen Band französischer Schriften, überflog einen Artikel auf spanisch, einen auf italienisch. Sprechen konnte ich all diese Sprachen nicht, aber ich verstand sie. Ich hatte sie mir mit Dads Hilfe angeeignet, ebenso wie ein bißchen höhere Mathematik, Physik, Chemie und noch ein halbes Dutzend Fächer.

Dad hätte es gern gesehen, wenn ich Arzt geworden wäre, aber er traute sich nicht, mich zur Universität zu schicken, deshalb hatte er mir zu Hause beigebracht, was er konnte. Früher hatte er sich oft geärgert, daß ich, obgleich ich ja wirklich nicht auf den Kopf gefallen war, genauso redete und mich genauso benahm wie die anderen Hinterwäldler bei uns in der Stadt. Aber als er dann allmählich merkte, wie schlimm es um mich stand, förderte er das sogar. Denn ich mußte ja auch in Zukunft hier leben, unter Hinterwäldlern, ich würde mich immer mit einem ganz bescheidenen, sicheren Job begnügen müssen, und darauf hatte ich mich einzustellen. Wenn Dad irgendwas gefunden hätte, wovon ich hätte leben können, hätte ich es nicht einmal bis zum Deputy Sheriff gebracht.

Ich kramte ein bißchen auf Dads Schreibstisch herum und löste – nur so zum Spaß – ein paar Differentialgleichungen. Dann drehte ich mich um und betrachtete mich in der Spiegeltür des Labors.

Ich hatte noch meinen Stetson auf, trug ein rosa Hemd und eine schwarze Fliege, die Hosen meines blauen Leinenanzuges waren ein bißchen hochgerutscht, so daß sie nur bis zu den Stiefelrändern reichten. Ein schmaler, drahtiger Typ, ein typischer Texaspolizist sah mir entgegen. Vielleicht ein bißchen freundlicher als der Durchschnitt, vielleicht ein bißchen adretter, aber sonst, wie gesagt, typisch.

Ja, daran war nun nichts zu ändern; selbst wenn es weniger riskant gewesen wäre, hätte ich wohl nichts mehr ändern können. Ich hatte so lange eine Rolle gespielt, daß es inzwischen keine mehr war.

»Lou?«

Ich fuhr herum. »Amy! Du sollst doch nicht . . .«

»Ich geh nach oben und warte auf dich. Jetzt reg dich nicht auf, Lou. Die Alten schlafen tief und fest, du kennst sie ja.«

»Aber es könnte doch jemand –«

»Nein, es hat mich niemand gesehen. Ich bin über den Parkweg gekommen. Freust du dich nicht?«

Nein, ich freute mich nicht, obgleich sich das wahrscheinlich so gehört hätte. Sie hatte nicht die Figur von Joyce, aber für Central City war sie sensationell. Eine verdammt hübsche kleine Person, wenn sie nicht gerade das Kinn vorschob und schmale Augen machte, weil sie den Verdacht hatte, daß jemand sie ärgern wollte.

»Klar freu ich mich. Ich komme gleich.«

Ich folgte ihr nach oben ins Schlafzimmer. Sie zog den Mantel aus, warf ihn und die anderen Sachen auf einen Sessel und ließ sich rücklings aufs Bett fallen.

»Deine Begeisterung kennt offenbar keine Grenzen«, sagte sie, nachdem sie einen Augenblick gewartet hatte, und schob das Kinn vor.

Ich schüttelte den Kopf. »Entschuldige, Amy, aber ich hatte im Augenblick ganz andere Sorgen.«

»Ganz andere Sorgen.« Ihre Stimme bebte. »Ich zieh mich für ihn aus, vergesse Anstand und Moral – und er steht da und hat ganz andere Sorgen . . .«

»Jetzt sei nicht böse, Schatz, ich habe dich nicht erwartet und –«

»Das glaube ich gern. Du machst ja schon seit Wochen einen großen Bogen um mich. Wenn ich noch ein Restchen Stolz hätte, würde ich . . .«

Sie vergrub ihren Kopf in den Kissen und begann zu schluchzen, was mir Gelegenheit gab, ausgiebig die wahrscheinlich zweithübscheste Kehrseite von ganz Westtexas zu bewundern. Ich war ziemlich sicher, daß sie nur so tat als ob, ich hatte bei Joyce eine Menge über die Frauen gelernt, aber ich traute mich nicht, ihr eins überzuziehen, obgleich sie es verdient hätte. Statt dessen zog ich mich aus und legte mich neben sie.

»Jetzt sei wieder lieb, Schatz. Du weißt doch, daß ich wahnsinnig viel zu tun hatte.«

»Ich weiß überhaupt nichts. Du willst nur nicht mit mir zusammen sein.«

»Unsinn, Schatz. Weshalb denn nicht?«

»Weil . . . Ach, Lou, ich bin ja so unglücklich.«

Sie schluchzte noch ein bißchen, und ich hielt sie fest und hörte mir ihr Gejammer an – bei Amy mußte man gut im Zuhören sein – und überlegte, wie alles angefangen hatte. Aber einen konkreten Anfang hatte es da eigentlich gar nicht gegeben. Wir waren im gleichen Viertel aufgewachsen, waren zusammen zur Schule gegangen, und auf Partys galten wir sozusagen automatisch als Paar. Alles war praktisch ohne unser Zutun geschehen.

Wahrscheinlich wußte die halbe Stadt – einschließlich Amys Eltern –, daß wir nicht nur Händchen hielten, wenn wir zusammen waren. Aber niemand sagte was oder dachte sich was dabei. Schließlich würden wir ja früher oder später doch heiraten, obgleich wir es offenbar nicht sehr eilig damit hatten.

»Du hörst ja gar nicht zu, Lou«, sagte sie vorwurfsvoll.

»Klar hör ich dir zu, Schatz.«

»Warum antwortest du mir dann nicht?«

»Jetzt nicht.«

»Aber . . . nicht doch, Lou . . .«

Ich dachte mir, daß sie, wie üblich, unwichtiges Zeug gefaselt hatte und bestimmt sehr bald vergessen würde, worauf sie eigentlich eine Antwort von mir erwartete. Aber diesmal hatte ich mich getäuscht. Als es vorbei war und ich ihr die Zigaretten gegeben hatte, sah sie mich wieder so komisch an und sagte: »Also, Lou . . .«

»Tja, ich weiß nicht recht, was ich darauf antworten soll«, erklärte ich, und das war die reine Wahrheit.

»Du willst mich doch heiraten, oder?«

Heiraten . . . »Ja, natürlich.«

»Ich finde, wir haben jetzt lange genug gewartet, Lou. Wenn ich meinen Job als Lehrerin behalte, kommen wir finanziell besser über die Runden als die meisten anderen Ehepaare.«

»Ja, aber mehr auch nicht, Amy. Wir würden nie auf einen grünen Zweig kommen.«

»Wie meinst du das?«

»Ich will schließlich nicht mein ganzes Leben lang Deputy Sheriff bleiben. Ich möchte . . . was werden.«

»Zum Beispiel?«

»Ich weiß nicht. Lohnt sich doch nicht, darüber zu reden.«

»Arzt vielleicht? Hast du das vielleicht vor, Lou?«

»Ich weiß, es klingt verrückt, Amy, aber –«

Sie lachte. Sie warf den Kopf auf dem Kissen hin und her und wollte sich ausschütten vor Lachen. »Lou, du bist wirklich unbezahlbar. Du bist neunundzwanzig, und du sprichst nicht mal anständiges Englisch und – hahaha . . .«

Sie kriegte kaum mehr Luft vor Lachen, und meine Zigarette brannte zwischen den Fingern herunter, ohne daß ich es merkte, bis ich das angesengte Fleisch roch.

»Entschuldige, Liebling, ich wollte dich nicht kränken, aber . . . Du, wolltest du mich vielleicht auf den Arm nehmen? Wolltest du deine kleine Amy reinlegen?«

»Du kennst mich doch«, sagte ich. »Lou, der Klassenclown . . .«

Beim Klang meiner Stimme verging ihr fast das Lachen. Sie wandte sich ab und zupfte an der Bettdecke herum. Ich holte mir eine Zigarre und setzte mich an den Bettrand.

»Du willst mich nicht heiraten, Lou?«

»Ich finde, wir sollten jetzt nicht heiraten.«

»Du willst mich überhaupt nicht heiraten.«

»Das habe ich nicht gesagt.«

Sie schwieg minutenlang, aber ihr Gesicht sprach Bände. Sie

machte schmale Augen, und um ihren Mund lag ein bitterer Zug. Ich wußte, was sie dachte. Und ich hätte – fast wortwörtlich – voraussagen können, was jetzt kam.

»Ich fürchte, du wirst mich heiraten müssen, Lou. Du verstehst, was ich meine?«

»Nein, ich werde dich nicht heiraten müssen. Du bist nie mit einem anderen Mann gegangen, und ich habe dir kein Kind gemacht.«

»Dann meinst du also, ich lüge?«

»Selbst wenn ich wollte – ich könnte dir kein Kind machen. Ich bin unfruchtbar.«

»Du?«

»Das ist nicht dasselbe wie impotent. Ich hatte eine Vasektomie.«

»Warum haben wir dann immer so . . . Warum hast du immer was übergezogen?«

Ich zuckte die Achseln. »Weil ich nicht scharf darauf war, dir große Erklärungen geben zu müssen. Aber um wieder aufs Thema zu kommen: Du bist nicht schwanger.«

»Aber das verstehe ich nicht.« Sie runzelte die Stirn. Daß ich sie bei einer Lüge erwischt hatte, störte sie offenbar nicht im geringsten. »Dein Vater hat dich operiert . . . Aber warum denn, Lou?«

»Ich war ziemlich mit den Nerven runter, und da fand er –«

»Unsinn. Du hast Nerven wie Drahtseile.«

»Er war eben der Meinung . . .«

»Er war der Meinung? Das ist ja wohl das Letzte. Nur weil dein Vater irgendeiner Meinung war, können wir keine Kinder haben. Mir wird ganz schlecht, wenn ich daran denke. Wann war das, Lou?«

»Spielt das jetzt eine Rolle? Ich erinnere mich nicht mehr genau. Es ist lange her.«

Ich bereute schon, daß ich behauptet hatte, sie sei nicht schwanger. Jetzt konnte ich nicht mehr zurück. Ich streifte über ihren nackten Bauch, ihre Brust, ihren Hals. »Was ist denn? Warum verziehst du dein hübsches Gesicht so?« Sie sagte nichts, sah mich nur nachdenklich und ein bißchen ratlos an. Die Antwort, die sie suchte, war ganz nah, praktisch mit Händen zu greifen, aber sie kam nicht drauf, weil diese Antwort sich nicht mit dem Bild des sanften, freundlichen Lou Ford in Einklang bringen ließ.

»Ich glaube, ich muß jetzt nach Hause«, sagte sie langsam.

»Ist vielleicht besser. Es wird bald hell.«

»Sehen wir uns morgen? Heute, meine ich.«

»Samstags ist bei uns immer Hochbetrieb«, sagte ich. »Wir könnten am Sonntag zusammen zur Kirche gehen oder vielleicht zusammen essen, aber –«

»Ich weiß schon, was du sagen willst. Abends hast du Dienst.«

»Genau. Ich habe es einem Kollegen versprochen, da kann ich jetzt schlecht einen Rückzieher machen.«

»An mich denkst du wohl nie, wenn du deine Pläne machst, was? Ach, es ist ja auch egal.«

»Aber am Sonntag wird es nicht spät. Höchstens elf. Du könntest wieder vorbeikommen, so wie heute.«

In ihren Augen blitzte es gefährlich auf, aber das gefürchtete Donnerwetter blieb aus. Sie schob mich beiseite, stand auf und begann, sich anzuziehen.

»Tut mir wirklich leid, Schatz«, sagte ich.

»Ach ja?« Sie zog sich das Kleid über den Kopf, strich es über den Hüften glatt und knöpfte es zu. Erst auf dem einen, dann auf dem anderen Fuß stehend schlüpfte sie in ihre Pumps. Ich stand auf und half ihr in den Mantel.

Sie wandte sich um und sah mich an. »Schön, Lou, wir wollen heute nicht mehr davon reden. Aber am Sonntag werden wir uns mal gründlich aussprechen. Du wirst mir sagen, warum du dich in den letzten Monaten so komisch benommen hast. Und keine Lügen oder Ausflüchte, das bitte ich mir aus.«

»Ja, Ma'am«, sagte ich.

»Abgemacht. So, und jetzt zieh dir was an oder leg dich wieder hin, sonst erkältest du dich noch.«

5

Am Samstag war wirklich Hochbetrieb bei uns. Wegen des Zahltags gab es eine Menge Betrunkene in der Stadt, und wo es bei uns Betrunkene gibt, da gibt es auch Schlägereien. Wir Deputies, die beiden Constables und Sheriff Maples hatten alle Hände voll zu tun, um die Ordnung aufrechtzuerhalten.

Mit Betrunkenen komme ich gut zurecht. Dad hat mir beigebracht, daß sie wahnsinnig empfindlich und furchtbar schreckhaft sind, und wenn man sie nicht gegen den Strich bürstet oder erschreckt, kommt man prima mit ihnen aus. Einen Betrunkenen darfst du nie anbrüllen, hat Dad immer gesagt, weil der Typ sich ja selber schon bis zum Gehtnichtmehr madig gemacht hat. Und einem Betrunkenen darfst du nie mit einer Kanone drohen oder auf ihn einschlagen, weil er dann glaubt, daß er Angst um sein Leben haben muß und entsprechend reagiert.

Ich ging also freundlich und sanftmütig herum und brachte die Typen wenn irgend möglich nicht ins Kittchen, sondern nach Hause, und keinem von ihnen wurde ein Haar gekrümmt und mir auch nicht. Aber das dauerte seine Zeit. Vom Dienstantritt – mittags – bis abends um elf hatte ich nicht mal Zeit für eine Tasse Kaffee. Und dann kriegte ich um Mitternacht, als ich schon überfällig für die Ablösung war, einen der Sonderaufträge, für die Sheriff Maples immer mich einspannt.

Ein mexikanischer Pipeliner hatte sich mit Hasch vollgestopft und einen Landsmann erstochen. Unsere Jungs hatten ihn bei der Verhaftung schon ganz schön fertiggemacht, und jetzt spielte er erst recht den wilden Mann. Sie hatten es gerade noch geschafft, ihn in eine der Isolierzellen zu schaffen, aber so wie er sich da aufführte, würde er dort alles auseinandernehmen oder bei dem Versuch draufgehen.

»Ich wüßte schon, was ich mit dem Krawallmacher täte«, maulte der Sheriff. »Aber wir können nicht so, wie wir wollen. Jedenfalls nicht in einem Mordfall. Schon jetzt könnte uns irgendeiner dieser Linksanwälte ganz schön an den Wagen fahren.«

»Will mal sehen, was sich tun läßt«, sagte ich.

Ich ging in die Zelle hinunter. Drei Stunden kam ich kaum zum Atemholen. Ich hatte kaum die Tür hinter mir zugeschlagen, als der Mexikaner sich schon auf mich stürzte. Ich packte ihn an den Armen und hielt ihn von mir weg und ließ ihn strampeln und toben, und dann ließ ich ihn los, und er versuchte es wieder, und dieses schöne Spiel wiederholte sich bis zum Umfallen.

Der Typ hat von mir weder Schläge noch Tritte bezogen und ich habe ihn nie so rabiat werden lassen, daß er sich selber was getan hätte. Ich habe ihn ganz allmählich mürbe gemacht, und als er langsam so weit war, daß er wieder mitkriegte, was man zu ihm sagte, habe ich mit ihm geredet. Ein bißchen Spanisch können hier bei uns alle, aber ich spreche es besser als die meisten. Ich redete und redete und merkte, wie er langsam lockerer wurde, und die ganze Zeit überlegte ich, was eigentlich mit mir los war.

Von diesem Mexikaner hatte ich ja nun wirklich nichts zu befürchten. Er war high, und er war blind vor Wut. So wie sie ihn zugerichtet hatten, wären ein paar Tritte mehr gar nicht weiter aufgefallen. Die Sache mit dem Penner war viel riskanter gewesen, mit dem hätte ich echten Ärger kriegen können. Der Mexikaner, mit dem ich allein in der Zelle war, konnte mir nichts anhaben.

Aber ich habe ihm nichts getan, wirklich nichts. Ich hab noch nie einem Gefangenen was getan, bei dem ich es ohne Gefahr für mich hätte tun können. Ich hatte kein Verlangen danach. Vielleicht war ich stolz darauf, daß ich in dem Ruf stand, nie Gewalt anzuwenden. Vielleicht hatte ich auch unbewußt das Gefühl, daß der Gefangene und ich auf derselben Seite waren. Bald würde ich niemandem mehr was tun wollen. Ich würde sie beiseite schaffen, und dann war es vorbei, ein für allemal vorbei.

Wie gesagt, nach drei Stunden war der Mexikaner mürbe, und ich gab ihm seine Klamotten zurück und eine Decke für seine Pritsche, zündete ihm eine Zigarette an und deckte ihn zu. Sheriff Maples kam vorbei, als ich gerade gehen wollte, und schüttelte staunend den Kopf.

»Ist mir ein Rätsel, wie du das machst, Lou. Wo nimmst du nur die Geduld her?«

»Immer nur lächeln . . . Das ist die Lösung.«

»Willst du mich auf den Arm nehmen?«

»Nein, ehrlich. Wer viel lacht, hat die Macht. Wer zuletzt lacht, lacht am besten . . .«

Er warf mir einen schrägen Blick zu, und ich lachte und schlug ihm auf den Rücken. »War nur Spaß, Bob.«

So eine Gewohnheit legt man eben nicht über Nacht ab, und wer keinen Spaß versteht, ist selber schuld.

Der Sheriff wünschte mir einen schönen Sonntag, und ich fuhr heim. Ich machte mir einen großen Teller mit Schinken, Eiern und Pommes frites und ging damit in Dads Sprechzimmer. Ich aß an seinem Schreibtisch. Schon lange hatte ich mich nicht so ruhig und ausgeglichen gefühlt.

Ich hatte mich zu einem Entschluß durchgerungen. Komme, was da wolle – ich würde Amy Stanton nicht heiraten. Früher hatte ich manchmal gedacht, daß es nicht recht wäre, sie zu heiraten. Jetzt hatte ich einfach keine Lust dazu. Wenn ich schon heiraten mußte, dann nicht eine rechthaberische Provinzziege mit nadelspitzer Zunge und einem Horizont, der nicht bis zur nächsten Ecke reichte.

Ich brachte das schmutzige Geschirr in die Küche, wusch ab und aalte mich lange und genüßlich in der Badewanne. Dann legte ich mich hin und schlief wie ein Murmeltier bis zehn Uhr früh.

Als ich beim Frühstück saß, hörte ich draußen auf der Auffahrt Kies knirschen, und als ich aus dem Fenster sah, stand da Chester Conways Cadillac.

Er kam herein, ohne zu klopfen – als Dad noch praktizierte, machten das alle so – und ging nach hinten in die Küche.

»Behalten Sie Platz, mein Junge, behalten Sie Platz«, sagte er, obgleich ich keine Anstalten gemacht hatte, aufzustehen. »Frühstücken Sie ruhig weiter.«

»Danke.«

Er setzte sich und verrenkte sich den Hals, um zu sehen, was ich auf dem Teller hatte. »Ist der Kaffee frisch? Da trinke ich gern mit. Holen Sie mir mal eine Tasse, ja?«

»Ja, Sir«, tönte ich. »Sofort, Mr. Conway, Sir.«

Das kratzte ihn natürlich nicht, er hielt so was für sein gutes Recht. Geräuschvoll nahm er einen Schluck Kaffee. Nach drei Schlürfern war die Tasse leer. Nein, danke, keine zweite, sagte er – ich hatte sie ihm auch gar nicht angeboten – und zündete sich eine Zigarre an. Er ließ das Streichholz auf den Boden fallen, paffte und streute Asche in seine Tasse.

Westtexaner sind im allgemeinen ein ziemlich arroganter Menschenschlag, aber sie treten ihren Mitmenschen nicht unbedingt auf die Füße, sondern respektieren die Rechte des anderen. Chester Conway war eine Ausnahme. Er war vor dem Ölboom *das* große Tier von Central City gewesen und hatte mit anderen Leuten immer machen können, was er wollte. »Widerspruch« war für ihn so lange ein Fremdwort gewesen, daß er ihn noch heute nicht zur Kenntnis nahm, selbst wenn man ihm ins Ohr brüllte. Ich glaube, ich hätte ihn in der Kirche in Acht und Bann tun können, und er hätte gedacht, daß er nicht richtig gehört hatte.

Es war mir nie schwergefallen zu glauben, daß er hinter dem Mord an Mike gesteckt hatte. Einem Typ wie dem ist alles zuzutrauen.

»Alles klar für heute abend?« fragte er und verstreute seine Zigarrenasche über den ganzen Tisch. »So, daß auch wirklich nichts schiefgehen kann? Sie haben die Hand am Drücker, mein Junge?«

»Ich habe damit nichts mehr zu tun«, sagte ich. »Mein Part ist ausgespielt.«

»Ich glaube, Lou, das sollten Sie sich noch mal überlegen. Wenn mein verrückter Sohn sie nochmal besucht, kann man nicht wissen, was daraus wird. Bringen Sie das Geld selber hin, mein Junge, ich hab's schon fertigmachen lassen, zehntausend in kleinen Scheinen, und –«

»Nein«, sagte ich.

»– und zahlen Sie die Person aus. Dann stoßen Sie die Puppe ein bißchen herum und schieben sie ab.«

»Mr. Conway –«

»Jawohl, so machen wir's«, sagte er und lachte leise vor sich hin. Seine blassen Hängebacken wippten. »Auszahlen, rumstoßen, abschieben . . . Haben Sie was gesagt?«

Ich wiederholte es noch einmal, ganz langsam zum Mitschreiben. »Miss Lakeland hat darauf bestanden, vor ihrer Abreise noch einmal mit Elmer zu sprechen. Sie legt Wert darauf, daß er ihr das Geld bringt, und zwar ohne Zeugen. Das sind ihre Bedingungen, und wenn es Ihnen darum geht, daß sie ohne Aufsehen verschwindet, werden Sie sich damit abfinden müssen. Wir können sie natürlich in die Zange nehmen, aber dann redet sie, und das dürfte nicht besonders lustig werden.«

Conway nickte. »Schon klar, das Waschen von schmutziger Wäsche dürfen wir nicht riskieren. Aber ich sehe nicht ein –«

»Sie sehen nicht ein, daß Ihre Unverfrorenheit entschieden zu weit geht, Mr. Conway.«

»Wie bitte?« Sein Mund blieb offen stehen.

»Überlegen Sie doch mal, Mr. Conway. Was macht das für einen Eindruck, wenn es sich herumspricht, daß ein Polizist eine Erpresserzahlung übergeben hat – wobei noch nicht mal genau raus ist, ob sie das Geld auch von mir entgegennehmen würde. Was glauben Sie eigentlich, wie ich mir bei so einem schmutzigen Spiel vorkommen würde? Als Elmer in der Klemme steckte, ist er zu mir gekommen . . .«

»Was das einzig Gescheite war, was er in seinem Leben je gemacht hat!«

». . . und ich bin zu Ihnen gekommen, und Sie haben mich gebeten, mal vorzufühlen, ob sie wohl unter Umständen bereit wäre, unauffällig aus Central City zu verschwinden. Das habe ich getan. Und weiter will ich mit der Sache nichts zu tun haben.«

»Ja – äh –« Er räusperte sich. »Das kann ich natürlich verstehen, mein Junge. Aber Sie werden dafür sorgen, daß sie wirklich wegfährt, sobald sie das Geld hat?«

»Dafür werde ich sorgen. Wenn sie eine Stunde später nicht weg ist, mach ich ihr Dampf.«

Er stand auf und trat von einem Bein aufs andere. Ich ging mit ihm zu Tür, um ihn loszuwerden. Ich konnte ihn einfach nicht mehr ertragen.

Ich behielt die Hände in den Taschen und tat, als hätte ich nichts gesehen, als er Anstalten machte, mir die Hand zu schütteln. Er machte die Tür auf, blieb noch einmal stehen.

»Gehen Sie nicht weg, ich schicke Elmer herüber, sobald ich ihn aufgetrieben habe. Reden Sie noch mal mit ihm, damit er genau weiß, was er zu tun hat. Sehen Sie zu, daß er es auch kapiert, okay?«

»Ja, Sir. Sehr nett, daß Sie ihn zu mir schicken wollen, Sir.«

»Keine Ursache, mein Junge, keine Ursache.« Die Tür fiel hinter ihm ins Schloß.

Zwei Stunden später kreuzte Elmer auf. Er war groß und wabbelig wie sein Alter und bemühte sich auch um dessen Arroganz, aber dazu hatte er einfach nicht genug Mumm in den Knochen. Ein paar Jungs aus Central City hatten ihn ein paarmal tüchtig zusammengeschlagen, und das hatte ihm nur gutgetan. Sein pickeliges Gesicht war schweißfeucht, und seine Fahne hätte mich fast umgehauen.

»Du fängst ja schon früh am Tage an«, stellte ich fest.

»Na und?«

»Nichts – und. Ich wollte dir einen Gefallen tun. Wenn du Mist baust, ist das dein Bier.«

Er schlug grunzend die Beine übereinander. »Ich weiß nicht, Lou, die ganze Sache gefällt mir nicht. Was ist, wenn der Alte sich nicht abregt? Was sollen wir machen, Joyce und ich, wenn die zehntausend alle sind?«

»Haben wir uns da vielleicht mißverstanden, Elmer? Ich denke, du warst überzeugt davon, daß dein Vater früher oder später einlenken würde? Wenn du daran zweifelst, sage ich lieber gleich Miss Lakeland Bescheid, und –«

»Nein, Lou, bitte nicht. Er wird schon darüber wegkommen. Er hat bis jetzt noch alles verkraftet, was ich angestellt habe. Aber –«

»Ich will dir was sagen, Elmer. Du brauchst ja die zehntausend nicht auf einen Schlag zu verjubeln. Steig in irgendein Geschäft ein, betreib es zusammen mit Joyce, und wenn der Laden läuft, meldest du dich bei deinem Dad. Dann merkt er, daß du cleverer bist, als er geglaubt hat, und alles kommt wieder ins Lot.«

Elmers Gesicht erhellte sich ein bißchen. Aber wirklich nur minimal. Arbeit war für Elmer keine ideale Problemlösung.

»Ich will dich nicht überreden«, sagte ich. »Miss Lakeland ist nämlich ganz schön falsch eingeschätzt worden. Mich hat sie überzeugt, und ich bin nicht so leicht zu überzeugen. Ich hab eine Menge riskiert, damit ihr beiden noch mal von vorn anfangen könnt, aber wenn du nicht willst . . .«

»Warum tust du das eigentlich, Lou? Warum tust du das alles für uns beide?«

»Vielleicht ging es mir um Geld?« Ich lächelte. »Ich verdiene nicht gerade goldene Berge, und wenn du mit ein paar Piepen rüberkommmen würdest . . .«

Sein Gesicht wurde noch um einige Schattierungen röter. »Na ja, ich könnte ein bißchen was von den zehntausend abzweigen . . .«

»Davon würde ich nie was nehmen, Elmer.« *Ganz bestimmt nicht, da wäre ich ja schön dumm.* »Ein Mann wie du hat doch bestimmt auch eigenes Geld. Womit bezahlst du denn deine Zigaretten und das Benzin und den Whisky? Oder kauft das alles dein Dad für dich?«

»Quatsch, natürlich nicht.« Er richtete sich auf und holte eine Rolle Geldscheine hervor. »Klar hab ich Geld. Jede Menge.«

Er blätterte ein paar Scheine hin – es schienen alles Zwanziger zu sein –, und dann fing er meinem Bilck auf, dem sehr deutlich zu entnehmen war, daß ich ihn für einen schäbigen Knicker hielt.

»Was soll's.« Er rollte die Scheine wieder zusammen und warf mir das ganze Bündel hin. »Bis heute abend also«, sagte er und hievte sich hoch.

»Um zehn.«

Es waren fünfundzwanzig Zwanziger. Fünfhundert Dollar. Nicht schlecht. Einen kleinen Zuschuß konnte ich immer gebrauchen. Aber ich hatte nicht vorgehabt, Elmer anzuzapfen, ich hatte nur davon angefangen, weil ich ihn von der Frage abbringen wollte, wieso ich ihm geholfen hatte.

Ich hatte heute keine Lust zum Kochen und aß in der Stadt. Danach fuhr ich nach Hause, hörte ein bißchen Radio, las die Sonntagszeitung und legte mich hin.

Sicher, das klingt ziemlich abgebrüht, aber ich hatte den Plan so oft durchgespielt, daß er für mich nichts Aufregendes mehr hatte. *Joyce und Elmer würden sterben. Joyce hatte es verdient. Die Conways hatten es verdient. Ich war nicht kaltblütiger als die Lady, die über meine Leiche gehen würde, um zu kriegen, was sie wollte. Ich war nicht kaltblütiger als der Typ, der Mike vom achten Stock hatte zu Tode stürzen lassen.*

Gewiß, Elmer konnte nichts dafür, er hatte wahrscheinlich nie was von der Sache gehört. Aber ich brauchte ihn, um an den Alten heranzukommen. Nur so kriegte ich ihn, und das hatte auch seine Richtigkeit. Ich würde ihm das antun, was er Dad angetan hatte.

Es war acht, als ich aufwachte, ein dunkler, mondloser Abend, genau nach Wunsch. Ich goß eine Tasse Kaffee herunter, ließ den Wagen aus dem Parkweg rollen und machte mich auf den Weg zur Derrick Road.

6

Hier in der Ölgegend gibt es eine Menge Häuser wie das alte Branch-Farmhaus. Früher sind da mal Ranchgebäude oder ein Wohnhaus gewesen, aber dann haben die Bohrtürme die Erde um die Häuser herum aufgerissen, manchmal praktisch bis vor die Haustür, und der Boden verwandelte sich in ein Gemisch aus Öl und Schwefelwasser und rotem, sonnengedörrtem Bohrschlamm. Das ölverschmierte Gras welkt, Quellen und Bäche verschwinden, und dann ist eines Tages das Öl weg, und die Häuser stehen schwarz und verlassen da, verloren und einsam inmitten von wild wucherndem Unkraut, Sonnenblumen, Artemisien, Steppengras.

Das Haus stand ein paar hundert Meter von der Derrick Road zurückgesetzt am Ende eines schmalen Weges, der so überwuchert war, daß ich ihn fast verfehlt hätte. Ich bog in den Weg ein, stellte den Motor ab und stieg aus.

Zuerst sah ich überhaupt nichts, so pechschwarz war die Nacht. Allmählich gewöhnten sich meine Augen an die Dunkelheit. Ich machte den Kofferraum auf und tastete nach dem Wagenheber. Dann nahm ich einen rostigen Nagel aus der Tasche und stach damit in den rechten Hinterreifen. Ich hörte ein leises Zischen, die Federn quietschten, und der Wagen ging in die Knie.

Ich klemmte den Wagenheber unter die Achse, leierte den Wagen so um die dreißig Zentimeter hoch und schaukelte ihn so lange hin und her, bis er vom Wagenheber herunterrutschte. So ließ ich ihn stehen und ging den Weg hinauf.

Fünf Minuten später war ich am Haus, brach eine Latte aus der Veranda heraus, lehnte sie griffbereit an den Torpfosten und lief über die Felder zu Joyce Lakelands Haus.

»Lou!« Sie trat erschrocken zurück. »Ich hab mich schon gewundert, wer – Wo ist dein Wagen? Ist was passiert?«

»Nur eine Reifenpanne. Ich mußte den Wagen draußen auf der

Straße stehenlassen.«

Ich ging gemächlich ins Wohnzimmer, und sie kam zu mir, legte mir die Arme um den Hals und lehnte ihr Gesicht an mein Hemd. Ihr Negligé öffnete sich – kalkulierter Zufall, nehme ich an. Sie drückte sich an mich.

»Lou, Liebling . . .«

»Ja?«

»Es ist erst neun, und unser Bähschaf kommt erst in einer Stunde, und danach seh ich dich zwei Wochen nicht, und . . . Ach, du weißt schon, Lou.«

Schön würde das aussehen bei der Autopsie. Nicht mit mir, Baby . . .

»Ich weiß nicht, Schatz. Ich bin ein bißchen abgespannt, und du hast dich schon so fein gemacht . . .«

»Komm, sei lieb. Mach schnell, ich will nachher noch baden.«

Baden? Das war was anderes.

»So was nennt man Nötigung, Baby.« Ich nahm sie auf den Arm und trug sie ins Schlafzimmer. Und hatte überhaupt kein schlechtes Gewissen dabei.

Denn mittendrin wurde sie plötzlich ganz still und sah mir ins Gesicht. »Du kommst doch bestimmt in zwei Wochen nach, Lou? Sobald du das Haus verkauft und alles hier geregelt hast?«

»Haben wir doch verabredet.«

»Laß mich nicht warten. Ich kann sehr lieb sein, aber wenn du dich nicht an die Vereinbarung hältst, kannst du mich auch von einer anderen Seite erleben. Dann komm ich zurück und mach einen Riesenkrach. Ich lauf dir durch die ganze Stadt nach und erzähl allen, wie du –«

»– wie ich dich entehrt und dann sitzengelassen habe?«

»Du bist verrückt.« Sie lachte. »Aber mal im Ernst, Lou . . .«

»Ich weiß, ich weiß. Ich laß dich nicht warten, Baby.«

Ich blieb auf dem Bett liegen, während sie badete. Sie kam mit einem Handtuch wieder herein, trocknete sich ab, nahm Höschen und einen BH aus einem Koffer, stieg vor sich hin summend in das Höschen und brachte mir den BH. Ich half ihr hinein, zwickte sie dabei ein bißchen, und sie kicherte und zappelte.

Du wirst mir fehlen, Baby, dachte ich. Du mußt dran glauben, da hilft alles nichts, aber du wirst mir fehlen, wirklich wahr.

»Glaubst du, daß Elmer uns Ärger machen wird?«

»Was kann er schon machen? Zu seinem Dad laufen und petzen? Unmöglich. Ich sag ihm klipp und klar, daß ich es mir anders überlegt habe und den Alten nicht hintergehen möchte. Erledigt.«

Sie runzelte die Stirn. »Das ist alles so kompliziert. Es sieht doch so aus, als hätten wir das Geld auch kriegen können, ohne Elmer hineinzuziehen.«

»Tja . . .« Ich warf einen Blick auf die Uhr. Neun Uhr dreiunddreißig. Jetzt brauchte ich nicht mehr um den heißen Brei herumzureden. Ich setzte mich auf die Bettkante und zog wie nebenbei meine Handschuhe an.

»Es ist wirklich ein bißchen kompliziert, Baby, aber anders geht es nicht. Du hast sicher was von der Sache mit Mike Dean, meinem Pflegebruder, gehört. Aber Mike hat es nicht getan. Er hat meine Schuld auf sich genommen. Wenn du also deinen Riesenkrach schlagen würdest, wäre das sehr viel schlimmer, als du jetzt glaubst. Die Leute würden anfangen nachzudenken, und ehe wir es uns versehen . . .«

»Aber ich sag doch gar nichts, Lou. Du wirst ja nachkommen und –«

»Laß mich ausreden. Ich habe dir doch erzählt, daß Mike damals auf dem Bau tödlich verunglückt ist, nicht? Es war kein Unfall, es war Mord. Und der Mord geht auf das Konto vom alten Conway.«

Es war ihr anzusehen, daß sie überhaupt nichts mehr kapierte. »Du – du darfst Elmer nichts tun. Deinetwegen, Liebling. Sie werden dich erwischen, sie werden dich ins Gefängnis stecken und . . . Nein, an so was darfst du nicht mal denken.«

»Sie werden mich nicht erwischen, sie werden nicht mal ahnen, daß ich es war. Sie werden denken, daß er, wie üblich, voll war wie tausend Mann, daß ihr euch in die Haare geraten und dabei beide draufgegangen seid.«

Sie hatte es immer noch nicht verstanden. Sie lachte, aber gleichzeitig runzelte sie die Stirn. »Aber Lou . . . Wie soll das denn zugehen? Ich bin doch gar nicht tot, ich bin –«

»Das geht sogar sehr leicht.« Ich schlug ihr ins Gesicht. Aber der

Groschen war immer noch nicht gefallen.

Sie legte eine Hand an ihre Wange und rieb abwesend daran herum. »Du, das laß mal lieber, Lou, ich muß noch reisen und –«

»Weit wirst du nicht mehr reisen, mein Engel.« Ich schlug wieder zu. Und jetzt endlich hatte sie es begriffen.

Sie sprang auf, aber ich war schneller. Ich riß sie herum und versetzte ihr einen Haken rechts, einen Haken links. Sie flog quer durchs Zimmer bis an die hintere Wand, fiel hin, rappelte sich wieder auf, taumelte mir entgegen – und kriegte dasselbe noch einmal.

Ich stellte sie an die Wand und drosch auf sie ein, und es war, als wenn man auf Kürbis eindrischt. Ihre Knie knickten ein, ihr Kopf hing schlaff herunter, und dann richtete sie sich zentimeterweise, ganz langsam, wieder auf.

Sehen konnte sie nichts mehr, das konnte ich mir jedenfalls nicht vorstellen. Ich begriff nicht, wie sie stehen, wie sie überhaupt noch atmen konnte. Aber sie hob schwankend die Hände und die Arme und breitete sie aus und schwankte auf mich zu. Und in diesem Augenblick fuhr draußen ein Wagen vor.

Ich landete einen Uppercut und hörte ein scharfes Knacken. Ihr Körper flog hoch und sank in sich zusammen. Und diesmal rührte sie sich nicht mehr.

Ich wischte meine Handschuhe an ihr ab, es war ihr Blut und gehörte an ihren Körper. Dann nahm ich den Revolver vom Ankleidetisch, knipste das Licht aus und machte die Tür zu.

Elmer kam die Stufen herauf. Ich machte die Haustür auf.

»'n Abend, Lou«, sagte er. »Pünktlich wie die Maurer, was? Elmer Conway is' immer pünktlich. Immer.«

»Und voll wie eine Strandhaubitze. Immer. Hast du das Geld?«

Er klopfte auf den dicken braunen Umschlag, den er unter dem Arm hatte. »Was denkst du denn? Wo steckt Joyce?«

»Hinten im Schlafzimmer. Geh schon immer vor, sie sagt bestimmt nicht nein, wenn du mit ihr 'ne schnelle Nummer schieben willst.«

Er klapperte blöde mit den Augendeckeln. »So darfst du nicht reden, Lou. Du weißt doch, daß wir heiraten wollen.«

Ich zuckte die Schultern. »Wie du willst. Aber ich gehe jede

Wette ein, daß sie schon auf dich wartet.«

Ich hätte am liebsten laut losgelacht, ich hätte am liebsten geschrien und mich auf ihn gestürzt und ihn in Stücke gerissen.

»Na ja, wenn du meinst . . .«

Er wandte sich unvermittelt um und torkelte durch die Diele. Ich lehnte mich an die Wand und wartete. Er betrat das Schlafzimmer und machte Licht an.

»He, Joyce, altes Mädchen, ich –« Ich hörte einen schweren Fall, einen gurgelnden, würgenden Laut. »Joyce«, sagte, nein, schrie er. »Joyce! Lou!«

Ich ging gemächlich hinein. Er kniete auf dem Boden, an seinen Händen war Blut und an seinem Kinn auch. Er sah zu mir auf, sein Mund stand offen.

Ich lachte – ich mußte lachen, sonst wär was Schlimmeres draus geworden –, und er kniff die Augen zu und begann zu heulen. Ich brüllte vor Lachen. Ich beugte mich vor und schlug mir auf die Schenkel vor Vergnügen, ich furzte und lachte und lachte, bis alles Lachen dieser Welt aus mir herausgebrüllt war.

Er rappelte sich auf, fuhr sich mit den großen, wabbeligen Händen im Gesicht herum und glotzte mich stumpfsinnig an.

»Wer – wer war das, Lou?«

»Selbstmord«, sagte ich. »Klarer Fall von Selbstmord.«

»Aber das kann doch nicht –«

»Selbstmord, verstehst du? Ich hab sie nicht umgebracht. Sie hat sich selber umgebracht.«

Und dann schoß ich, schoß mitten in den blöde offenstehenden Mund hinein. Bis das Magazin leer war.

Ich bückte mich, legte Joyce Lakelands Hand um den Revolvergriff und ließ die Waffe neben ihr fallen. Ich verließ das Haus, ging über die Felder und sah nicht mehr zurück.

Ich griff mir das Brett und nahm es mit zum Wagen. Wenn jemand den Wagen gesehen hatte, war das Brett mein Alibi. Ich hatte es mir holen müssen, um es unter den Wagenheber zu legen.

Ich stellte den Wagenheber auf das Brett und zog den Ersatzreifen auf. Dann warf ich das Werkzeug in den Kofferraum, startete und fuhr rückwärts zur Derrick Road zurück. Normalerweise würde es mir nie einfallen, nachts ohne Licht im Rückwärtsgang auf eine breite Straße zu fahren, ebensowenig, wie es mir einfallen würde, ohne Hose auf der Straße herumzulaufen. Aber die Situation war eben nicht normal.

Hätte Chester Conways Cadillac mehr Tempo draufgehabt, könnte ich das hier nicht mehr schreiben. Er sprang fluchend aus dem Wagen, sah, mit wem er es zu tun hatte, und fluchte nur noch lauter. »Verdammt, Lou, was ist denn mit Ihnen los? Haben Sie vielleicht Selbstmordgedanken? Was haben Sie überhaupt hier zu suchen?«

»Ich hatte einen Platten und mußte anhalten. Tut mir leid, wenn –«

»Schon gut, fahren wir. Wir können nicht die ganze Nacht hier stehen und quatschen.«

»Fahren? Es ist noch zu früh.«

»Früh nennen Sie das? Es ist Viertel nach elf, und mein feiner Sohn ist noch nicht zu Hause. Wahrscheinlich ist er noch da oben und stellt wieder mal Blödsinn an.«

»Ich würde ihm noch ein bißchen Zeit geben«, sagte ich. Ich brauchte eine Atempause, ich konnte noch nicht wieder dahin zurück. »Passen Sie auf, Mr. Conway, wir machen das so: Sie fahren nach Hause, und ich –«

»Nein, ich fahre hin. Jetzt. Und Sie kommen hinterher.«

Die Tür des Cadillac knallte zu. Er fuhr an mir vorbei und rief mir nochmals zu, ich sollte hinterherkommen. Ja, schrie ich zurück, ich komme gleich. Er brauste los.

Ich zündete mir eine Zigarre an, startete den Motor und würgte ihn ab. Startete, würgte ihn ab. Schließlich lief er. Unwiderruflich. Also fuhr ich los.

Ich fuhr den kleinen Weg zum Haus von Joyce Lakeland hinauf und hielt. Auf dem Vorplatz war kein Platz mehr, da standen schon die Wagen von Elmer und dem Alten. Ich stellte den Motor ab, stieg aus und ging die Stufen zur Veranda hinauf.

Die Haustür stand offen. Der Alte hing im Wohnzimmer am Telefon. Alles Wabbelige war aus seinem Gesicht verschwunden. Wie mit dem Messer weggeschnitten.

Er schien gar nicht besonders aufgeregt zu sein. Und auch nicht sehr traurig. Er sprach sehr sachlich, fast geschäftsmäßig. Das machte alles nur noch schlimmer.

»Ja, es ist eine böse Sache, ich weiß, Sie brauchen mir das nicht immer wieder zu sagen. Er ist tot, das ist nicht zu ändern. Jetzt geht es mir um die Frau. Ja, dann tun Sie das doch, verdammt noch mal, setzen Sie sich in Bewegung, aber ein bißchen dalli, wenn ich bitten darf. Sie darf nicht sterben, haben Sie mich verstanden? Nicht so. Ich will, daß sie auf den elektrischen Stuhl kommt.«

7

Es war fast drei Uhr früh, als Sheriff Maples und Howard Hendricks, der County Attorney, mit mir fertig waren, und man kann sich vorstellen, daß mir nicht gerade nach Singen und Tanzen zumute war. Ich hatte ein flaues Gefühl in der Magengegend, und stinksauer war ich außerdem. Es hätte alles ganz anders kommen sollen, das war einfach ungerecht.

Ich hatte alles in meiner Macht Stehende getan, um zwei unerwünschte Mitbürger auf glatte, saubere Weise zu beseitigen. Und nun war Joyce noch am Leben, während Elmer schon im Fegefeuer schmorte.

Ich verließ das Gerichtsgebäude und fuhr zu dem Griechen, wo ich eine Tasse Kaffee vorgesetzt bekam, die ich gar nicht wollte. Sein Sohn hatte einen Wochenendjob an einer Tankstelle angenommen, und der Alte wußte nicht, ob er sich darüber freuen sollte oder nicht. Ich versprach, mal vorbeizuschauen und mit dem Jungen zu reden.

Ich hatte keine Lust, nach Hause zu fahren und Amy Rede und Antwort zu stehen. Wenn ich lange genug warte, dachte ich, wird sie wohl die Hoffnung aufgeben und heimgehen.

Johnnie Pappas, der Sohn des Griechen, arbeitete in der Tankstelle von Slim Murphy. Als ich vorfuhr, fummelte er gerade an dem Motor von seinem alten Auto herum. Ich stieg aus. Er kam langsam und und ein bißchen mißtrauisch auf mich zu und wischte sich die Hände an einem Putzlumpen ab.

»Hab gerade von deinem neuen Job gehört, Johnnie«, sagte ich. »Herzlichen Glückwunsch.«

Er war groß und sah gut aus, gar nicht wie sein Vater.

»Hat Dad Sie hergeschickt?«

»Er hat mir erzählt, daß du hier arbeitest. Was dagegen?«

»Nö, eigentlich nicht. Sie sind spät dran.«

Ich lachte. »Du bist ja auch noch auf den Beinen. Kannst volltanken und den Ölstand prüfen.«

Er machte sich an die Arbeit, und als er fertig war, hatte er sein Mißtrauen weitgehend überwunden. »Tut mir leid, daß ich eben komisch war, Lou. Dad hat mich schon genervt. Er versteht einfach nicht, daß ein Junge in meinem Alter auch ein bißchen eigenes Geld haben will, und zuerst habe ich gedacht, Sie sollten mir nachspionieren.«

»Da müßtest du mich aber besser kennen, Johnnie.«

»Eben.« Er hatte ein richtig nettes Lächeln. »Alle motzen immer nur an mir rum, aber richtig geholfen hat mir bisher noch keiner. Bis auf Sie. Sie sind mein einziger Freund in diesem miesen Nest. Warum machen Sie das eigentlich, Lou? Was hat man davon, wenn man sich mit einem Typ abgibt, über den alle anderen nur herziehen?«

»Keine Ahnung«, sagte ich. Und das war die Wahrheit. Ich wußte ja nicht mal, wie ich es fertigbrachte, hier zu stehen und mit ihm zu reden, während ich eigentlich ganz andere Sorgen hatte. »Vielleicht kommt es daher, daß ich auch mal so alt war wie du. Ist noch gar nicht so lange her. Väter sind manchmal komisch, selbst die besten können einem manchmal ganz schön auf den Geist gehen.«

»Genau.«

»Wie lange arbeitest du denn, Johnnie?«

»Samstags und sonntags von Mitternacht bis früh um sieben, das reicht gerade für ein bißchen Taschengeld. Dad meint, daß ich am Montag für die Schule zu müde bin, aber das stimmt nicht, Lou, ich schaff das prima.«

»Klar«, sagte ich. »Nur eins noch, Johnnie. Slim Murphy hat keinen besonders guten Ruf. Wir haben ihm nie beweisen können, daß er was mit gestohlenen Wagen zu tun hatte, Sie später ausgeschlachtet aufgefunden wurden, aber –«

»Ich weiß.« Johnnie scharrte verlegen im Kies der Auffahrt herum. »Aber ich paß schon auf, Lou, ich laß mich in nichts reinziehen.«

»In Ordnung, Johnnie. Das ist ein Versprechen, und ich weiß, daß du deine Versprechen hältst.«

Ich zahlte mit einem Zwanzigdollarschein, ließ mir herausgeben und fuhr kopfschüttelnd nach Hause. Das war keine Schau gewesen, die ich dort abgezogen hatte, ich machte mir wirklich Gedanken um den Jungen. *Ich* zerbrach mir den Kopf über *seine* Sorgen, das muß man sich mal vorstellen.

Im Haus war alles dunkel, aber das sagte noch gar nichts. Daß ich Amy hatte warten lassen, würde sie wahrscheinlich erst recht in ihrem Vorsatz bestärkt haben, sich mit mir auszusprechen, wie sie es nannte. Und so war es dann auch.

Sie lag oben im Bett, hatte zwei Aschenbecher vollgequalmt und war stinkwütend. Ich hab noch nie ein Mädchen so wütend erlebt.

Ich setzte mich auf die Bettkante, zog mir die Stiefel aus und sagte die nächsten zwanzig Minuten kein Wort. Ich kam nicht dazu. Schließlich ging ihr doch mal die Luft aus, und ich versuchte, eine Entschuldigung anzubringen.

»Tut mir wirklich leid, Schatz, aber ich kann nichts dafür. Ich hab heute abend mächtigen Arger gehabt.«

»Mächtigen Ärger . . . Daß ich nicht lache!«

»Willst du es hören oder nicht? Wenn nicht, brauchst du es nur zu sagen.«

»Leg meinetwegen los. Ich hab schon so viele Lügengeschichten von dir gehört, daß es auf eine mehr oder weniger nicht mehr ankommt.«

Ich erzählte ihr, was geschehen war – ich meine das, was nach offizieller Lesart geschehen war –, und sie konnte kaum an sich halten, bis ich fertig war. Ich hatte noch nicht das letzte Wort ausgesprochen, als sie schon wieder loslegte.

»Wie konntest du so dumm sein, Lou? Wie konntest du dich mit einer schmutzigen Hure und diesem gräßlichen Elmer Conway einlassen? Es wird einen furchtbaren Skandal geben, du wirst deine Stellung verlieren und –«

»Warum? Ich kann doch nichts dafür . . .«

»Warum du es getan hast, will ich wissen.«

»Ich wollte Chester Conway einen Gefallen tun, er hat mich

gefragt, ob ich nicht Elmer aus der Klemme helfen könnte, und da –«

»Warum ist er damit zu dir gekommen? Warum mußt immer gerade du anderen Leuten einen Gefallen tun? Mir tust du nie einen Gefallen.«

Ich hielt den Mund. Und dachte: Ich tu dir den Gefallen, daß ich dir nicht auf der Stelle den Hals umdrehe.

»Antworte, Lou.«

»Schon gut. Ich sehe ja ein, daß es besser gewesen wäre, die Finger von der Sache zu lassen.«

»Du hättest diese Person überhaupt nicht hier dulden dürfen.«

Ich nickte. »Stimmt genau. Aber ich bin eben auch nur ein Mensch. Klar, ich mache Fehler, vielleicht einen ganzen Haufen Fehler, aber soll ich deshalb ständig vor dir auf dem Boden rumrutschen?«

»Ich will ja damit auch nur sagen –«

Was sie auch nur sagen wollte, konnte noch ewig und drei Tage dauern, und das gedachte ich nicht abzuwarten. Ich legte mich mit allen Klamotten auf sie drauf, es blieb mir nichts anderes übrig, es gibt nur eine Möglichkeit, Amys Redefluß abzudrehen.

Sie schmiegte sich an mich. Und in dieser Stimmung war Amy gut zu haben, sehr gut sogar, mehr konnte man von einer Frau eigentlich nicht verlangen. Der Haken war nur – Joyce Lakeland hatte heute schon einiges von mir verlangt.

»Lou . . .« Amy wurde etwas ruhiger. »Was ist mit dir, Liebling?«

»Dieser Ärger hat mich ganz schön fertiggemacht.«

»Armer Schatz. Jetzt vergiß einfach alles, denk nur noch an mich, ich will auch ganz lieb zu dir sein.« Sie küßte mich und flüsterte mir zu, was sie unter liebsein verstand, und ließ den Worten die Taten folgen, aber sie hätte ebensogut an einem Zaunpfahl herummachen können. Baby Joyce hatte es mir gründlich besorgt.

Amy nahm ihre Hand weg und wischte sie an der Hüfte ab, dann griff sie sich einen Lakenzipfel und schrubbte damit an ihrer Haut herum.

»Du Saukerl«, sagte sie. »Du dreckiger, schmieriger Hurenbock.«

Es war wie ein Schlag in die Magengrube. Solche Ausdrücke war ich von Amy nicht gewohnt.

»Ich kann sie riechen. Du Schwein, das kriegst du nicht weg, nie mehr kriegst du das weg, du –«

Ich packte sie an den Schultern. »Nun mal langsam. Was redest du da, Amy?«

»Du hast mit ihr geschlafen, du hast mich besudelt. Aber das sollst du mir büßen, und wenn es das Letzte ist, was ich jemals –«

Schluchzend machte sie sich los und sprang aus dem Bett. Als auch ich aufstand, zog sie sich hinter einen Stuhl zurück.

»Faß mich nicht an.«

»Schon gut, Schatz, ich tu dir ja nichts.«

Noch begriff sie nicht so ganz, was sie da eben gesagt hatte. Noch dachte sie nur an sich und die Kränkung, die ich ihr angetan hatte. Aber wenn sie ein bißchen – gar nicht viel – Bedenkzeit gehabt hatte, würde sie eine ganze Menge kombinieren können. Beweise hatte sie natürlich nicht, sie war auf Vermutungen angewiesen, Intuition. Und dann war da noch meine Operation. Gott sei Dank schien ihr die im Augenblick entfallen zu sein. Aber sie würde reden. Und daß sie keine Beweise hatte, war in dieser Situation für mich nur ein geringer Trost.

Beweise sind nämlich nach meinen Erfahrungen mit der Justiz gar nicht so wichtig. Die brauchen nur einen Tip, daß einer schuldig ist, und wenn er nicht gerade ein ganz hohes Tier ist, brauchen sie ihn dann nur noch zu bearbeiten, bis er gesteht.

»Amy, Liebling, sieh mich mal an.«

»Ich mag dich nicht ansehen.«

»Sieh mich an, Amy. Ich bin Lou Ford, und du kennst mich von klein auf. Traust du mir so was wirklich zu?«

Sie zögerte, biß sich auf die Lippen. »Ich weiß, daß du es gemacht hast.« Aber in ihrer Stimme lag eine Spur von Unsicherheit. »Ich weiß es.«

»Du weißt gar nichts. Nur weil ich müde und durcheinander bin, kommst du auf ganz dumme Gedanken. Wieso soll ich mit einer billigen Nutte ins Bett gehen, wo ich dich habe? Was könnte so eine mir bieten, wenn ich Angst haben müßte, ein Mädchen wie dich zu verlieren? Nein, Schatz, gib zu, daß das Unsinn ist.«

Und damit hatte ich sie an ihrem empfindlichen Punkt erwischt – ihrem Stolz. Trotzdem ließ sie sich nicht ganz erweichen. Noch immer hinter dem Stuhl verschanzt, zog sie sich ihr Höschen an. »Wir wollen nicht mehr darüber streiten, Lou. Ich kann wohl noch froh sein, daß ich mir nichts bei dir geholt habe.«

Ich nahm den Stuhl im Sturm und riß sie in meine Arme. »So darfst du nicht über die Frau reden, die ich heiraten werde. Für mich persönlich bin ich ja hart im Nehmen, aber auf sie laß ich nichts kommen, ist das klar? Du darfst nie mehr sagen, daß die Frau, die ich heiraten werde, sich mit einem Typ einläßt, der mit Nutten herumzieht.«

»Laß mich los, Lou. Laß –« Unvermittelt gab sie ihren Widerstand auf. »Was hast du da eben –«

»Du hast mich sehr gut verstanden.«

»Aber vor zwei Tagen hast du noch gesagt –«

»Na und? Zur Ehe prügeln läßt sich kein Mann gern. Er macht seiner Holden den Heiratsantrag lieber von sich aus – und genau das tue ich jetzt. Wir haben es schon viel zu lange hingezogen, dieser dumme Streit heute abend ist der beste Beweis dafür. Wenn wir verheiratet wären, würde es solche Mißverständnisse, wie wir sie jetzt ständig haben, gar nicht erst geben.«

»Seit diese Frau bei uns aufgetaucht ist, meinst du.«

»Na schön, ich habe getan, was ich konnte. Wenn du so von mir denkst, hat es gar keinen Zweck –«

»Warte, Lou.« Sie klammerte sich an mich. »Kannst du es mir denn übelnehmen, wenn . . .« Aber weiter wagte sie nicht zu gehen. In ihrem eigenen Interesse. »Es tut mir leid, Lou, ich habe da wohl falsch gelegen.«

»Allerdings.«

»Wann wollen wir heiraten, Lou?«

»Je früher, desto besser«, schwindelte ich. Natürlich hatte ich nach wie vor nicht die Absicht, sie zu heiraten, aber ich brauchte Zeit zum Planen und mußte sie am Reden hindern. »Am besten sprechen wir in ein paar Tagen ausführlicher darüber, wenn wir beide ruhiger sind.«

Sie schüttelte den Kopf. »Nein, nachdem du – nachdem wir uns entschieden haben, sollten wir auch gleich Nägel mit Köpfen machen und alles festlegen.«

»Aber es wird schon hell, Schatz, die Leute werden dich sehen, wenn du weggehst.«

»Weißt du was? Das ist mir ganz schnuppe, Liebling.« Sie legte ihren Kopf an meine Brust, und ich wußte, ohne ihr Gesicht zu sehen, daß sie strahlte wie ein Honigkuchenpferd. Jetzt hatte sie mich, und darüber freute sie sich diebisch. »Du, ich bin ganz schön kaputt, ich würde ganz gern noch eine Runde schlafen, ehe –«

»Ich mach dir einen Kaffee, Liebling, der macht dich wieder munter.«

»Aber Schatz –«

Das Telefon läutete. Sie ließ mich ziemlich widerstrebend los, und ich trat zum Schreibtisch und hob ab.

»Lou?« Es war Bob Maples, der Sheriff.

»Ja, Bob. Was gibt's denn?«

Er sagte es mir, und ich sagte okay und legte auf.

Amy sah mich an. »War das dienstlich, Lou?«

Ich nickte. »Der Sheriff holt mich in ein paar Minuten ab.«

»Du Ärmster. Und dabei bist du so müde. Ich ziehe mich rasch an und verschwinde.«

Ich half ihr beim Anziehen und brachte sie zur Hintertür. Sie gab mir zwei sehr ausführliche Küsse, und ich versprach, so bald wie möglich anzurufen. Wenig später fuhr vorn Sheriff Maples vor.

8

Howard Hendricks, der County Attorney, saß bei ihm auf dem Rücksitz. Ich nickte ihm ohne besondere Herzlichkeit zu und setzte mich auf den Beifahrersitz. Besonders sympathisch war mir der Typ nie gewesen. Er war einer dieser Berufspatrioten, die immer mit ihren Heldentaten aus dem Krieg protzen.

Sheriff Maples legte den Gang ein und räusperte sich verlegen. »Hoffentlich habe ich dich nicht gestört, Lou.«

»Nicht so wichtig. Sie – ich mußte sie sowieso schon fünf, sechs Stunden warten lassen.«

»Sie hatten sich für gestern abend verabredet?« fragte Hendricks.

»Ganz recht.« Ich drehte mich gar nicht um.

»Um welche Zeit?«

»Kurz nach zehn. Bis dahin hätte nach meiner Rechnung die Conway-Sache erledigt sein müssen.«

Der Attorney grunzte unzufrieden. »Wer war die Frau?«

»Das geht Sie überhaupt nichts an.«

»Moment mal, Lou.« Bob nahm Gas weg und bog in die Derrick Road ein. »So geht das nicht, Howard. Sie sind zwar noch ziemlich neu bei uns – acht Jahre sind Sie jetzt hier, stimmt's? –, aber daß man so was nicht fragt, müßten sie eigentlich inzwischen auch schon wissen.«

»Na hören Sie mal! Ich frage doch nur dienstlich. Und es ist schließlich wichtig. Wenn Ford sich gestern verabredet hatte, ist das ein Beweis dafür, daß er nicht – äh – irgendwo anders war. Sie verstehen, was ich damit sagen will, Ford?«

Das verstand ich sogar sehr gut, aber ich gedachte nicht, ihm das auf die Nase zu binden. Ich war der brave, trottelige Lou, der sich keine Gedanken über ein Alibi macht weil er nämlich gar kein Alibi braucht.

»Nein, offen gestanden verstehe ich das nicht. Und eigentlich – ich meine das natürlich nicht persönlich – habe ich gedacht, daß Sie sich heute nacht ausgequasselt hätten.«

»Irrtum, mein Lieber.« Ich sah im Rückspiegel, daß er rot angelaufen war. »Ich habe noch etliche Fragen an Sie. Und ich erwarte noch die Antwort auf meine letzte. Wer war –«

»Schluß, Howard«, sagte Bob warnend. »Wenn Sie das Lou noch einmal fragen, reagiere ich sauer. Ich kenne das Mädchen, und ich kenne die Eltern. So ein blitzsauberes, anständiges Ding gibt's nicht noch einmal in Central City.«

Hendricks machte ein verdrießliches Gesicht und lachte verärgert auf. »Das ist mir echt zu hoch. Um mit einem Kerl ins – na ja, Sie wissen schon . . . Also dazu ist sie nicht zu anständig. Aber wenn ich den Namen wissen will – es bleibt ja schließlich unter uns! –, stellt ihr euch an, als ob's um ein Staatsgeheimnis geht.«

Ich wandte mich um und bedachte ihn mit meinem treuherzigsten Augenaufschlag. Zur Zeit konnte ich es mir nicht leisten, mir

Feinde zu machen. Und einer, der ein schlechtes Gewissen hat, muß scharf aufpassen, daß er sich nicht provozieren läßt.

»Wissen Sie, Howard, wir sind schon eine ganz besondere Sorte hier in Westtexas«, sagte ich. »Wahrscheinlich hat es etwas damit zu tun, daß das Land von jeher nicht sehr dicht besiedelt war. Bei uns muß man verdammt vorsichtig sein, sonst hat man seinen schlechten Ruf fürs ganze Leben weg. Hier gibt es keine Menschenmassen, in denen man untertauchen kann, hier steht man sozusagen immer im Rampenlicht.«

»Und?«

»Wenn sich also zwischen einem Mann und einer Frau was abspielt – nichts Schlimmes, verstehen Sie, sondern nur das, was sich zwischen Mann und Frau von Anbeginn der Welt abspielt –, stellen wir uns taub und blind und stumm. Und weshalb? Weil wir früher oder später darauf angewiesen sind, daß es die anderen bei uns ebenso machen. Kapieren Sie jetzt? Nur so können wir Mensch sein und dabei unsere Selbstachtung behalten.«

»Sehr interessant. Wir sind da, Bob.«

Sheriff Maples parkte am Straßenrand, wir stiegen aus, und Howard nickte zu dem überwucherten Weg hinüber, der zu der alten Branch-Farm führte. Dann drehte er sich um und sah mich an.

»Sehen Sie die Spur dort, Ford? Wissen Sie, was das für eine Spur ist?«

»Ich denke schon. Das ist die Spur von einem platten Reifen.«

»Das geben Sie also zu? Sie geben zu, daß eine solche Spur hätte da sein müssen, wenn Sie einen Plattfuß gehabt hätten?«

Ich schob meinen Stetson zurück und kratzte mich am Kopf, dann sah ich Bob an und runzelte die Stirn. »Ich weiß nicht recht, worauf ihr hinauswollt. Was soll das eigentlich, Bob?«

Natürlich hatte ich genau kapiert, worauf sie hinauswollten. Mir war klar, daß ich einen dummen Fehler gemacht hatte. Ich hatte es erraten, sobald ich die Spur gesehen hatte, die sich durch das Unkraut zog, und ich hatte meine Antwort schon parat, aber zu schnell durfte ich damit nicht herausrücken.

»Dafür ist Howard zuständig«, sagte der Sheriff. »Sag ihm, was er wissen will, Lou.«

»Okay.« Ich zuckte die Schultern. »Ich hab's schon einmal

gesagt. So eine Spur kommt von einem platten Reifen.«

»Wissen Sie, wann diese Spur entstanden ist?« fragte Howard mit Nachdruck.

»Keine Ahnung. Ich weiß nur, daß sie nicht von meinem Wagen stammt.«

»Sie sind ein verdammter Lüg – Wie war das eben?«

»Ich hatte keinen Platten, als ich von der Hauptstraße runtergefahren bin.«

»Moment mal –«

»Eine Sekunde, Howard«, unterbrach ihn der Sheriff. »Ich kann mich nicht erinnern, daß Lou gesagt hat, er hätte den Platten auf der Derrick Road bekommen.«

»Und wenn ich es gesagt habe, dann habe ich es jedenfalls nicht so gemeint«, erklärte ich. »Sicher, ich hab gemerkt, daß ein Loch im Reifen war, der Wagen fing an zu schaukeln, aber ich bin von der Straße weg, ehe die Luft ganz raus war.«

Bob nickte und warf Hendricks einen Blick zu. Der Attorney zündete sich einigermaßen umständlich eine Zigarette an. Seine Gesichtsfarbe wetteiferte mit dem Rot der Sonne, die gerade über den Bergen aufging.

Ich kratzte mich wieder am Kopf. »Tja, mich geht's ja nichts an, aber hoffentlich habt ihr nicht einen einwandfreien Reifen ruiniert, um die Spur da zu ziehen.«

Hendricks machte den Mund auf und zu wie ein Karpfen auf dem Trockenen, und Bobs Augen glitzerten. Irgendwo in der Ferne, drei, vier Meilen entfernt, hörte man ein Schmatzen und Stampfen. Eine Schlammpumpe hatte ihre Arbeit aufgenommen. Plötzlich hustete der Sheriff und fing an zu lachen.

»Das ist ein Ding, Howard. Das ist aber mal ein Ding . . . Hahaha . . .«

Und dann fing auch Hendricks an zu lachen, erst ziemlich verlegen, dann richtig laut und prustend. Ich stand da und grinste ratlos wie einer, der gern auch lachen möchte, aber die Pointe nicht mitgekriegt hat.

Ich war jetzt froh über meinen Fehler. Wenn einer ein Lasso nach dir wirft und dich nicht erwischt, kannst du sicher sein, daß er sich den zweiten Versuch sehr genau überlegt.

Hendricks schlug mir auf den Rücken. »Ich bin ein Idiot, Lou. Ich hätte es besser wissen müssen.«

Ich tat, als ob mir jetzt erst das große Licht aufging. »Sie haben doch nicht etwa gedacht, ich –«

»Natürlich nicht«, sagte Bob herzlich. »Ganz bestimmt nicht.«

»Wir mußten es nur prüfen«, erläuterte Hendricks. »Der Ordnung halber. Sie haben heute nacht nicht viel mit Conway gesprochen, nicht?«

»Nein. Es schien mir nicht der richtige Augenblick für eine längere Unterhaltung zu sein.«

»Dafür habe ich mit ihm gesprochen«, sagte Hendricks. »Oder vielmehr – er hat mit uns gesprochen. Der Mann kocht vor Wut. Diese Lakeland ist so gut wie tot. Die Ärzte sagen, daß sie nie wieder zu Bewußtsein kommen wird, deshalb wird Conway sie nicht für die schlimme Geschichte verantwortlich machen können. Er sucht also einen anderen Buhmann, und dazu ist ihm jedes Mittel recht. Darum müssen wir ihn von allem fernhalten, was auch nur irgendwie – äh – verdächtig aussieht.«

»Aber es ist doch völlig klar, was passiert ist«, meinte ich. »Elmer hatte getrunken, er hat sie ein bißchen hart angefaßt und –«

»Davon will Conway aber nichts wissen. Er wird das nie akzeptieren, solange er noch eine andere Möglichkeit sucht.«

Wir saßen alle drei vorn, als wir in die Stadt zurückfuhren, ich in der Mitte, zwischen dem Sheriff und Hendricks, und ganz plötzlich kam mir ein verrückter Gedanke. Vielleicht hatten sie sich gar nicht von mir täuschen lassen, vielleicht spielten sie auch nur Theater, genau wie ich. Vielleicht hatten sie mich deshalb in die Mitte genommen – damit ich nicht aus dem Wagen springen konnte.

Sicher, es war ein verrückter Gedanke, und gleich darauf war ich ihn wieder los, aber es gab mir doch einen Ruck.

»Nervös?« fragte Bob.

»Magengrimmen. Vor Hunger. Ich habe seit gestern nachmittag keinen Bissen mehr gegessen.«

Bob nickte. »Ich könnte jetzt auch was vertragen. Und Sie, Howard?«

»Gar keine schlechte Idee. Können wir erst noch beim Gericht vorbeifahren?«

»Finde ich nicht so gut«, meinte Bob. »Wenn wir erst mal da sind, kommen wir so schnell nicht wieder weg. Sie können vom Lokal aus anrufen. Auch in meinem Büro, wenn Sie schon dabei sind.«

Die Geschichte hatte sich natürlich schon herumgesprochen, und als wir vor dem Lokal hielten, gab es ein großes Glotzen und Tuscheln, aber nur die Neuen, die Ölarbeiter und so weiter, glotzten und tuschelten, die Alteingesessenen nickten uns nur zu und kümmerten sich um ihre eigenen Angelegenheiten. Während Hendricks zum Telefon ging, setzten Bob und ich uns in eine der Nischen. Wir bestellten für alle Schinken mit Eiern, und dann kam Hendricks und setzte sich zu uns.

»Dieser Conway! Jetzt will er die Person nach Fort Worth fliegen lassen. Behauptet, die ärztliche Versorgung ist hier nicht gut genug.«

Bob beschäftigte sich angelegentlich mit der Speisekarte. »Wann will er mit ihr denn hinfliegen?«

»Wenn's nach mir geht, überhaupt nicht. Darüber habe ich zu bestimmen. Sie ist ja noch nicht mal in Haft, geschweige denn unter Anklage gestellt, dazu haben wir noch keine Zeit gehabt.«

»Ist doch egal. Wenn sie sowieso stirbt . . .«, meinte Bob.

»Darum geht es nicht. Es geht darum –«

»Versteh schon«, brummte Bob. »Hast du Lust, mal eben nach Forth Worth zu fliegen, Lou? Vielleicht komme ich auch mit.«

»Warum nicht . . .«

»Okay, Howard, dann wäre das geritzt. Damit sind die Formalitäten erledigt.«

Die Bedienung brachte das Essen, und Bob griff nach Messer und Gabel. Ich spürte, wie er mich unter dem Tisch anstieß. Hendricks wußte genau, wie die Dinge lagen, aber er hätte es nie zugegeben. Er mußte unbedingt weiter den großen Helden spielen, der sich von niemandem rumkommandieren läßt.

»Sehen Sie, Bob, mag sein, daß ich neu hier bin, mag sein, daß ich noch viel zu lernen habe, aber von den Gesetzen versteh ich was und –«

»Ich auch«, unterbrach ihn der Sheriff. »Besonders von denen, die nicht in Ihren Sammlungen stehen. Conway hat Sie nicht gefragt, ob er mit ihr nach Fort Worth fliegen darf, er hat Sie vor vollendete Tatsachen gestellt. Hat er dazugesagt, wann es losgehen soll?«

Hendricks schluckte mühsam. »Heute früh um zehn. Er wollte . . . Er hat eine zweimotorige Maschine gechartert, sie müssen noch ein Sauerstoffgerät beschaffen und ein –«

»Na fein. Da haben Lou und ich gerade noch Zeit, uns ein bißchen frisch zu machen und einen Koffer zu packen. Ich setz dich nachher zu Hause ab, Lou.«

»Danke«, sagte ich.

Hendricks hüllte sich in Schweigen.

Nach ein paar Minuten sah Bob ihn an und hob eine Augenbraue. »Sind die Eier nicht gut? Essen Sie, sonst wird ja alles kalt.«

Hendricks seufzte und machte sich über sein Frühstück her.

9

Bob und ich waren ziemlich früh am Flughafen. Wir gingen schon immer an Bord und machten es uns gemütlich. Im Frachtraum wirtschafteten noch Arbeiter herum und rückten auf Anweisung der Ärzte dieses und jenes zurecht. Müde, wie wir waren, ließen wir uns davon nicht weiter stören. Bob fing zuerst an zu dösen, dann machte ich die Augen zu in der Absicht, mich mal ganz kurz auszuruhen. Ich muß sofort eingeschlafen sein, ich hatte nicht mal den Start mitgekriegt.

Plötzlich rüttelte mich Bob an der Schulter und deutete aus dem Fenster.

»Schau mal runter. Wir sind gleich da.«

Ich war ganz schön enttäuscht. Ich war noch nie aus unserer Gegend herausgekommen, und jetzt, nachdem ich wußte, daß Joyce nicht durchkommen würde, hätte ich eigentlich den Flug genießen können. Und nun hatte ich gar nichts gesehen, sondern die schöne Zeit mit Schlafen vertrödelt.

»Wo ist Mr. Conway?« fragte ich.

»Im Frachtraum. Ich hab auch eben mal vorbeigeschaut.«

»Ist sie noch bewußtlos?«

»Ja, und wenn du mich fragst, wird sich das auch nicht mehr

ändern.« Er schüttelte ernst den Kopf. »Conway weiß gar nicht, wie gut er dran ist. Wenn sein feiner Sohn nicht schon tot wäre, müßte er in ein paar Wochen baumeln.«

»Schlimme Geschichte«, sagte ich.

»Wie jemand so etwas fertigbringt, ist mir ein Rätsel. Ehrlich.«

»Wahrscheinlich ist es meine Schuld«, meinte ich. »Ich hätte sie gleich zum Teufel schicken sollen.«

»Ach, ich weiß nicht, Lou . . . Ich hab dir ja damals gesagt, du solltest machen, was du für richtig hältst. Nach allem, was man so hört, muß sie ein verdammt hübsches kleines Luder gewesen sein. Ich an deiner Stelle hätte sie wahrscheinlich auch nicht zum Teufel geschickt.«

»Es tur mir leid, Bob. Ich hätte mit dieser Erpressergeschichte zu dir kommen sollen, statt sie selber in die Hand zu nehmen.«

Er nickte. »Stimmt schon, aber das haben wir jetzt schon oft genug durchgekaut, das ist jetzt nicht zu ändern.«

»Eben. Wenn das Kind erst in den Brunnen gefallen ist, hilft kein Jammern mehr.«

Das Flugzeug legte sich in eine weite Kurve und verlor an Höhe, und wir schnallten uns an. Wenige Minuten später hatten wir aufgesetzt und rollten über die Piste. Ein Streifenwagen und ein Krankenwagen fuhren neben uns her.

Die Maschine kam zum Stehen, der Pilot verließ die Kanzel und machte uns die Tür auf. Bob und ich stiegen aus und sahen zu, wie unter ärztlicher Aufsicht die Trage ausgeladen wurde. Der obere Teil war von einem kleinen Zelt umschlossen, und ich sah nur die Umrisse ihres Körpers unter der Decke, und dann sah ich nicht mal mehr das, denn sie wurde rasch zum Krankenwagen getragen. Eine schwere Hand legte sich auf meine Schulter.

»Sie fahren mit mir in dem Streifenwagen, Lou«, sagte Chester Conway.

Ich sah Bob an. »Ich hatte eigentlich gedacht –«

»Sie fahren mit mir«, wiederholte er. »Sheriff, Sie steigen in den Krankenwagen. Wir treffen uns in der Klinik.«

Bob schob seinen Stetson zurück und warf ihm einen scharfen Blick zu. Dann fiel sein Gesicht ein, er drehte sich um und ging mit schleppenden Schritten davon.

Ich hatte nicht so recht gewußt, wie ich mich Conway gegenüber verhalten sollte. Jetzt war ich stinksauer, weil er Bob Maples so herumkommandiert hatte. Ich machte mich los, stieg in den Streifenwagen und gönnte Conway keinen Blick, als er hinterherkam und die Tür zuschlug.

Der Krankenwagen fuhr an und rollte vom Flugfeld, und wir fuhren hinterher. Conway lehnte sich vor und schloß die Trennscheibe zwischen Rücksitz und Fahrersitz.

»Das hat Ihnen nicht gefallen, was?« knurrte er. »Aber es wird Ihnen noch einiges nicht gefallen, bis diese Geschichte ausgestanden ist. Hier geht es um den Ruf meines toten Sohnes, das muß Ihnen klar sein. Und um meinen eigenen Ruf. Nur das ist mir wichtig, und dabei kann ich nicht immer auf gute Umgangsformen achten. Wenn jemand da empfindlich ist, tut's mir leid, aber ändern kann ich's nicht.«

»Glaub ich gern. In Ihrem Alter ändert man sich nicht mehr so leicht.«

Ich bereute sofort, daß ich das gesagt hatte, denn damit hatte ich mich mehr oder weniger verraten. Aber er tat, als hätte er nichts gehört. Typisch. Was er nicht hören wollte, das hörte er einfach nicht.

»Sie werden sofort operieren«, fuhr er fort. »Wenn sie durchkommt, wird sie heute abend so weit sein, daß sie aussagen kann. Ich will, daß Sie dabei sind. Sobald sie aus der Narkose aufwacht.«

»Und?« fragte ich.

»Bob Maples ist ein guter Kerl, aber er ist zu alt, um so ein Tempo lange durchzuhalten. Nicht ausgeschlossen, daß er gerade dann ausfällt, wenn man ihn am dringendsten braucht. Deshalb schicke ich ihn jetzt hin, wo es keine Rolle spielt, ob jemand bei ihr ist oder nicht.«

»Das versteh ich nicht so ganz. Meinen Sie –«

»Ich hab in einem Hotel Zimmer reservieren lassen, dort setze ich Sie ab, und Sie bleiben da, bis ich Sie hole. Ruhen Sie sich ein bißchen aus, verstanden? Damit Sie auf Draht sind, wenn's drauf ankommt.«

Ich zuckte die Schultern. »Von mir aus. Aber ich hab schon auf dem Flug geschlafen.«

»Dann schlafen Sie eben noch eine Runde. Wenn's dumm geht, müssen Sie sich die ganze Nacht um die Ohren schlagen.«

Das Hotel war auf der West Seventh Street, nur wenige Blocks von der Klinik entfernt. Conway hatte eine ganze Suite mit Beschlag belegt. Der Geschäftsführer und ein Page gingen mit mir hinauf. Kaum waren sie weg, brachte ein Kellner ein Tablett mit Whisky und Eis, ihm folgte ein zweiter Kellner mit Sandwiches und Kaffee.

Ich goß mir einen ordentlichen Drink ein und ging damit ans Fenster. Ich setzte mich in einen bequemen Sessel, stützte die Stiefel auf den Heizkörper, lehnte mich zurück und grinste mir eins.

Conway war doch wirklich ein großer Mann, der schaffte es tatsächlich, daß es einem Spaß machte, herumkommandiert zu werden. Er konnte sich Hotelsuiten leisten und Leute, die ihn von hinten und vorn bedienten. Er konnte alles haben, was er wollte – außer seinem Sohn und einem guten Namen.

Sein Sohn hatte eine Nutte totgeschlagen, und sie hatte ihn erschossen, und das würden die Leute dem Alten nie vergessen, und wenn er hundert Jahre alt wurde, was ich ihm von Herzen wünschte.

Ich aß ein paar Happen von einem Klubsandwich, aber es rutschte nicht so recht. Also goß ich mir noch einen Drink ein und ging wieder damit zum Fenster. Ich war merkwürdig nervös und zappelig, ich hätte was darum gegeben, ein bißchen in der Stadt herumlaufen zu können.

In Forth Worth fängt Westtexas an, hier wäre ich in meinen Klamotten nicht so aufgefallen wie etwa in Dallas oder Houston. Ich hätte mich amüsieren und mal was Neues sehen können. Statt dessen saß ich hier allein herum, hatte nichts zu tun und nichts zu sehen und immer dieselben, ewig gleichen Gedanken.

Es war, als ob sich alle gegen mich verschworen hatten. Damals, als Kind, hatte ich was Unrechtes getan, und davon kam ich nie mehr los. Immer wieder wurde ich mit der Nase darauf gestoßen. Und jetzt saß ich hier . . .

Ich genehmigte mir den nächsten Drink.

Jetzt saß ich also hier. Aber vermutlich nicht mehr lange. Joyce würde sterben. Wenn sie nicht schon tot war. Ich hatte sie aus dem

Weg geräumt, und damit hatte ich auch dieses Schlimme aus dem Weg geräumt, das mich überkam. Und wenn sich die Wellen in der Stadt etwas geglättet hatten, würde ich meinen Job aufkündigen und unser Haus samt Dads Praxis verkaufen und mich davonmachen.

Amy Stanton? Ich schüttelte den Kopf. Nein, die würde mich nicht daran hindern. Sie würde mich nicht in Central City festbinden können. Wie ich mich von ihr lösen sollte, wußte ich im Augenblick noch nicht, aber daß ich es tun würde, stand für mich fest.

Um die Zeit totzuschlagen, legte ich mich in die Badewanne, und danach hielt ich mich wieder an Sandwiches und Kaffee. Ich lief im Zimmer herum, aß, trank und ging von Fenster zu Fenster. Schade, daß das Zimmer so hoch lag, von der Straße war nichts zu erkennen.

Ich versuchte, eine Runde zu schlafen, aber das funktionierte nicht. Ich holte mir ein Schuhputztuch aus dem Badezimmer und fing an, meine Stiefel zu wienern. Der eine strahlte schon, und ich hatte mir gerade den zweiten vorgenommen, als Bob Maples hereinkam.

Er nickte mir zu und goß sich was zu trinken ein. Dann setzte er sich, starrte in sein Glas und ließ das Eis darin kreisen.

»Die Geschichte am Flugplatz ist mir sehr unangenehm, Bob«, fing ich an. »Ich wär viel lieber mit dir zusammengeblieben, das weißt du ja.«

»Ja«, sagte er kurz angebunden.

»Ich hab es Conway unter die Nase gerieben, daß mir das nicht gepaßt hat.«

»Schon gut, Lou. Schwamm drüber.«

»In Ordnung, Bob.«

Ich beobachtete ihn aus dem Augenwinkel, während ich weiter an meinem Stiefel herumrieb. Er wirkte irgendwie verärgert und besorgt, fast angeekelt. Aber ich hatte das Gefühl, daß es nicht meinetwegen war. Sollte ihm die Sache mit Conway derart an die Nieren gegangen sein?

»Macht dir dein Rheuma wieder zu schaffen?« fragte ich. »Dreh dich mal um, ich massier dir die Schultern, wenn du willst.«

Er hob den Kopf und sah mich an. Seine Augen waren trocken, aber irgendwie hatte man das Gefühl, daß die Tränen nicht weit waren. Und dann sagte er ganz langsam, fast wie im Selbstgespräch:

»Ich kenn dich doch, Lou. Kenn dich in- und auswendig. Von klein auf kenn ich dich, und nie ist mir was Schlechtes über dich zu Ohren gekommen. Ich weiß immer ganz genau, was du sagen und was du tun wirst. In jeder Situation. Nimm die Geschichte am Flughafen, diese kleine Schikane von Conway. Manch einer hätte mir das von Herzen gegönnt. Du nicht, das weiß ich. Dich hatte es mehr getroffen als mich, du kannst eben nicht aus deiner Haut.«

»Sag mal, Bob, was soll das eigentlich?«

»Schon gut, mehr will ich gar nicht darüber sagen. Darf ich vorläufig gar nicht darüber sagen. Du sollst nur wissen, daß ich – ich –«

»Ja, Bob?«

»Mehr gibt's darüber eigentlich nicht zu sagen«, wiederholte er. Er ließ die Eiswürfel gegen das Glas klimpern. »Howard Hendricks hätte dich heute früh nicht mit diesem miesen Trick auf den Leim locken dürfen. Sicher, er hat seinen Job, wie ich auch, und Dienst ist Dienst, und Schnaps ist Schnaps, aber –«

»Darüber zerbrich dir mal nicht den Kopf, Bob, das habe ich schon fast vergessen.«

»Ich habe mir aber den Kopf darüber zerbrochen. Ich habe mir überlegt, wie du reagiert hättest, wenn du an meiner Stelle gewesen wärst und ich an deiner. Du wärst bestimmt nett und freundlich gewesen, weil du immer so bist, aber du hättest keinen Zweifel daran gelassen, auf welcher Seite du stehst. ›Bob Maples ist ein Freund von mir‹, hättest du gesagt, ›und ich weiß, daß er eine ehrliche Haut ist. Wenn wir also etwas von ihm wissen wollen, können wir ihn ganz offen danach fragen, den brauchen wir nicht auszutricksen, es ist ja nicht so, als ob er auf einer Seite steht und wir auf der anderen . . .‹ Ja, das hättest du gesagt. Aber ich . . . Ich weiß nicht, Lou, vielleicht bin ich der heutigen Zeit nicht mehr gewachsen, vielleicht bin ich zu alt für meinen Job.«

So ganz, fand ich, war das nicht von der Hand zu weisen. Er war alt geworden und im Augenblick ganz schön verunsichert. Wahrscheinlich war Conway gehörig mit ihm Schlitten gefahren.

»Hat's in der Klinik Ärger gegeben, Bob?« fragte ich.

Er zögerte. »Ein bißchen.« Er stand auf und schenkte sich Whisky nach. Dann ging er zum Fenster, drehte mir den Rücken zu und wiegte sich auf den Absätzen hin und her. »Sie ist tot, Lou. Sie ist aus der Narkose nicht mehr aufgewacht.«

»Na ja, wir haben ja alle gewußt, daß sie keine Chance hatte. Bis auf Conway natürlich, der war einfach zu verbiestert, um die Dinge zu sehen, wie sie nun mal sind.«

Bob sagte nichts. Ich trat neben ihn und legte ihm einen Arm um die Schulter. »Sieh mal, Bob, ich weiß nicht, was Conway zu dir gesagt hat, aber laß dich davon nicht unterkriegen. Was bildet der Typ sich eigentlich ein? Er wollte uns noch nicht mal mitnehmen. Wir mußten uns sozusagen selber einladen. Und jetzt verlangt er, daß wir nach seiner Pfeife tanzen, und wenn nicht alles so läuft, wie er will, macht er einen Riesenkrawall.«

Bob zuckte die Schultern. Vielleicht hatte er aber auch nur tief Luft geholt. Ich nahm meinen Arm weg, zögerte einen Augenblick, weil ich dachte, daß er etwas sagen wollte, dann ging ich ins Bad und machte die Tür hinter mir zu. Wenn ein Mensch sich mies fühlt, läßt man ihn am besten allein.

Ich setzte mich auf den Rand der Badewanne, zündete mir eine Zigarre an und dachte über mich und Bob Maples nach. Ganz unbeteiligt, so, als ob ich mir selbst zusehen würde dabei. Er war immer anständig zu mir gewesen, und ich mochte ihn. Aber ich hatte wohl nicht mehr für ihn übrig als für andere Leute. Wenn ich es mir recht überlegte, war er eben auch nur einer von Hunderten von Leuten, die ich kannte und mit denen ich gut zurechtkam. Und trotzdem saß ich jetzt hier und zerbrach mir über seine Probleme den Kopf, statt an meine eigene Lage zu denken.

Das hing vielleicht auch damit zusammen, daß meine eigenen Probleme ja mehr oder weniger gelöst waren. Ich hatte gewußt, daß Joyce nicht durchkommen würde, daß sie nicht würde reden können. Sicher, sie hätte noch einmal kurz zu sich kommen können, aber mit dem Sprechen war es vorbei. Ich mußte daran denken, wie ihr Gesicht ausgesehen hatte. Aber daß ich mir plötzlich Gedanken um Bob machte, ließ sich allein dadurch, daß ich mich jetzt sicher fühlte, nicht erklären. Nach dem Mord war ich ganz schön durcheinander gewesen, ich hatte gar nicht richtig denken können. Und trotzdem hatte ich versucht, Johnnie Pappas, dem Sohn des Griechen, zu helfen.

Die Tür ging mit einem Ruck auf, und ich sah hoch. Bob grinste mich an. Sein Gesicht war gerötet, aus seinem Glas schwappte Whisky auf den Boden.

»Du wirst dich doch nicht absetzen wollen, Lou? Komm wieder rein und leiste mir Gesellschaft.«

»Aber klar, Bob.« Ich ging mit ihm zurück ins Zimmer. Er ließ sich in einen Sessel fallen und leerte sein Glas auf einen Zug.

»Laß uns was unternehmen, Lou. Wir gehen jetzt los und machen einen drauf, nur wir beide. Einverstanden?«

»Und Conway?«

»Conway soll mir mal am Abend begegnen. Er hat geschäftlich hier zu tun, er bleibt noch ein paar Tage. Wir geben unsere Koffer irgendwo ab, damit wir ihm nicht mehr über den Weg zu laufen brauchen, und dann – sollst mal sehen, dann geht die Post ab.«

Er griff nach der Flasche und erwischte sie beim zweiten Anlauf. Ich nahm sie ihm ab und schenkte ihm ein.

»Hört sich gut an. Bob. Echt gut. Aber meinst du nicht, wir müßten wieder zurück nach Central City? Conway reagiert vielleicht sauer, wenn –«

»Conway soll mir am Abend begegnen, hab ich doch schon mal gesagt. Und wenn ich was gesagt habe, bleibt's dabei.«

»Gut, aber –«

»Hab schon genug für Conway getan. Mehr als genug. Jetzt komm, zieh dir die Stiefel an. Heut knallen wir uns einen in die Birne.«

»Aber klar«, sagte ich, »sicher doch. Bloß – ich hab da ein Hühnerauge, das muß ich mir erst wegschneiden. Inzwischen kannst du dich ja hinlegen und 'ne Runde schlafen.«

Nach einigem Knurren und Murren tat er das dann auch. Ich bestellte uns telefonisch ein Schlafwagenabteil für den Achtuhrzug nach Central City. Wir würden ein paar Dollar aus eigener Tasche zahlen müsen, abrechnen durften wir nur den Pullman Erster Klasse, aber ich hatte so das Gefühl, daß es klüger wäre, wenn wir unter uns bleiben würden.

Mein Gefühl hatte mich nicht getrogen. Ich weckte ihn um halb sieben, damit er genug Zeit hatte, um sich fertig zu machen, aber er war schlimmer dran als vorher. Er mochte nicht baden, er mochte keinen Kaffee, er mochte nichts essen. Statt dessen griff er wieder zum Whisky, und als wir das Hotel verließen, nahm er eine volle Flasche mit. Als ich ihn endlich im Zug verfrachtet hatte, war ich nur noch ein Nervenbündel. Und ich fragte mich, was, in drei Teufels Namen, Conway wohl mit ihm angestellt hatte.

Dabei hätte ich es eigentlich wissen müssen, Bob hatte es mir ja praktisch schon gesagt. Ich hatte einfach vor lauter Bäumen den Wald nicht gesehen.

Vielleicht war es aber ganz gut, daß ich nicht dahinterkam, denn ich hätte nichts tun können – außer Blut und Wasser zu schwitzen.

Das war nun also meine erste Reise in die große weite Welt gewesen. Vom Flugzeug geradewegs ins Hotel, vom Hotel geradewegs zum Bahnhof. Und dann die lange Fahrt durch die Nacht. Allein mit einem, der das heulende Elend hatte.

Einmal, so um Mitternacht, kurz ehe er einschlief, hat er wohl phantasiert. Denn ganz plötzlich hob er die Faust und stieß sie mir vor die Brust.

»He, was soll denn das?«

»Wer lacht, hat Macht«, brabbelte er. »Wenn das Kind erst in den Brunnen gefallen ist . . . Verdammte Masche, Lou. Wozu machst du das eigentlich?«

»War ja nur Spaß, Bob.«

»Jetzt will ich dir mal was sagen, worauf du bestimmt noch nicht gekommen bist«, lallte er.

»Na dann los.«

»Es ist immer am hellsten kurz vor der Dunkelheit.«

So müde ich war – da mußte ich doch lachen. »Da bist du auf dem falschen Dampfer, Bob. Es heißt –«

»Nein, mein Junge, ich glaube eher, du bist auf dem falschen Dampfer. Jawohl, du.«

10

Gegen sechs Uhr früh waren wir in Central City, und Bob fuhr mit dem Taxi direkt nach Hause. Er war krank, richtig krank. Nicht nur verkatert. Er war zu alt, um das alles noch zu verkraften.

Ich ging schnell mal im Revier vorbei, aber da war alles ruhig. Also fuhr ich auch nach Hause. Ich hatte schon mehr als genug Überstunden abgeleistet. Niemand hätte es mir verdenken können, wenn ich eine Woche freigenommen hätte, aber das hatte ich natürlich nicht vor.

Ich zog mich um und machte mir einen Teller Rührei und Kaffee. Als ich mich gerade hinsetzte, läutete das Telefon.

Wahrscheinlich das Revier, dachte ich. Oder Amy, die mich kontrollieren will. Sie rief entweder ziemlich früh oder dann erst wieder nach vier an, wenn sie aus der Schule kam. Ich suchte nach einer Ausrede, um mich nicht mit ihr treffen zu müssen. Als ich Joe Rothmans Stimme hörte, war ich total unvorbereitet.

»Erinnerst du dich noch an unser letztes Gespräch, Lou?«

»Klar. Wir haben über die Situation am Bau gesprochen.«

»Ich würde dich bitten, heute abend mal vorbeizukommen, aber ich muß nach San Angelo. Wär's dir recht, wenn ich ein paar Minuten zu dir käme?«

»Wenn's wichtig ist . . .«

»Eine Kleinigkeit, aber trotzdem wichtig, Lou. Auf ein paar Worte. Zur Beruhigung.«

»Das könnten wir ja vielleicht auch per Telefon –«

»Ich würd's gern persönlich machen.«

Ich setzte mich wieder an den Frühstückstisch. Fünf Minuten später war er da. Ich bot ihm Frühstück an, allerdings nicht besonders dringlich, weil ich keinen gesteigerten Wert darauf legte, daß er sich lange bei mir aufhielt, und er sagte nein, danke, setzte sich aber zu mir an den Tisch.

»Du weißt wahrscheinlich, was ich hören will, Lou«, sagte er und rollte sich eine Zigarette.

Ich nickte. »Wahrscheinlich. Betrachte es als gesagt.«

»Treffen die diskreten Hinweise in unseren Presseorganen zu, daß er sie erledigen und dabei selber dran glauben mußte?«

»Sieht so aus.«

Er leckte sein Zigarettenpapier an. »Ich frag mich nur, wie eine Frau mit gebrochenem Genick und grauenhaft zugerichtetem Gesicht sechsmal ins Schwarze treffen kann. Zugegeben, ein Fettwanst wie der verblichene Elmer Conway ist nicht so leicht zu verfehlen, aber trotzdem –«

Er sah auf, bis sich unsere Blicke begegneten. Ich zuckte die Schultern. »Wahrscheinlich hat sie nicht alle Schüsse auf einmal abgegeben. Sie hat geschossen, während er auf sie eingeschlagen hat. Daß sie gewartet hat, bis er fertig war, ist ja wohl wenig wahrscheinlich.«

Er nickte. »Eben. Aber nach dem, was ich über den Fall gelesen habe, hat sie genau das getan. Die Kugeln waren fast alle tödlich. Mit gebrochenem Genick schafft man das kaum.«

Ich schüttelte den Kopf, um seinen durchdringenden Blick loszuwerden. »Ein paar Worte zur Beruhigung, hast du gesagt . . .«

»Sehr richtig. Ich warte, Lou.«

»Sag mal, was soll denn das Verhör? Der Sheriff und der County Attorney haben sich mit meiner Aussage zufriedengegeben. Alles andere interessiert mich nicht.«

»So siehst du das, wie?«

»Jawohl, so sehe ich das.«

»Dann will ich dir mal sagen, wie ich es sehe. Ich red nicht gern so mit dir, aber ich hänge mit drin. Nicht unmittelbar vielleicht, aber –«

»Aber auch nicht nur unmittelbar.«

»Genau. Ich weiß, daß du es auf die Conways abgesehen hattest, ich habe ja sogar selber versucht, dich gegen den Alten aufzuhetzen. Moralisch – vielleicht sogar juristisch – bin ich mitschuldig. In jedem Fall stehen die Gewerkschaften und ich ganz schön dumm da.«

»Das hast du gesagt.«

»Übertreib's nicht, Lou. Bei Mord halte ich nicht still. Übrigens – wie viele Opfer sind es nun eigentlich geworden, eins oder zwei?«

»Sie ist tot. Seit gestern nachmittag.«

»Wenn es Mord war, Lou, muß ich was tun, dann kann ich dich nicht davonkommen lassen. Sonst stellst du bald noch was Schlimmeres an.«

»Na, hör mal, ich –«

»Die Frau ist tot, und Elmer ist tot. Und so komisch die Sache auch aussieht, beweisen können sie nichts. Wenn die wüßten, was ich weiß, wenn die wüßten, daß du ein Motiv hast –«

»Ein Motiv für den Mord an Joyce Lakeland? Wie käme ich denn dazu?«

»Lassen wir Joyce zunächst mal aus dem Spiel. Sie war nur ein Instrument, um Conway zu treffen. Ein Requisit.«

»Das ist doch blühender Unsinn«, widersprach ich. »Und was dieses sogenannte Motiv betrifft – das habe ich seit sechs Jahren, so lange liegt nämlich der Unfall zurück. Warum soll ich sechs Jahre warten und dann plötzlich aus heiterem Himmel so ein Ding drehen? Ich soll eine harmlose Nutte zusammengeschlagen haben, nur um an Chester Conways Sohn heranzukommen? Das ist doch nicht logisch, Joe, das mußt du selber zugeben.«

Rothman runzelte nachdenklich die Stirn und trommelte mit den Fingern auf der Tischplatte herum. »Nein«, sagte er langsam. »Logisch ist es nicht, das ist es ja eben. Der Mann, der dieses Blutbad angerichtet hat – wenn es diesen Mann gibt –«

»Du weißt ganz genau, daß es diesen Mann nicht gibt, Joe.«

»Das sagst du.«

»Jawohl, das sage ich, und das sagen alle. Und das würdest du auch sagen, wenn du nicht wüßtest, wie ich zu den Conways stehe. Was bleibt, wenn du das mal beiseite läßt? Ein Doppelmord. Zwei Menschen, die sich in die Haare geraten sind und die sich gegenseitig umgebracht haben, wenn ich auch gern zugebe, daß die Begleitumstände ein bißchen kurios sind.«

Er brachte ein schiefes Grinsen zustande. »Das ist die Untertreibung des Jahrhunderts, Lou.«

»Ich kann dir nicht sagen, was passiert ist«, sagte ich, »weil ich nicht dabei war. Aber ich weiß, daß es komische Zufälle auch bei Morden gibt. Da kriecht ein Mann noch eine Meile weit, obgleich ihm schon das Gehirn aus dem Schädel quillt. Da ruft eine Frau mit Herzschuß noch die Polizei an. Da wird ein Mann gehenkt und vergiftet und gevierteilt und erschossen – und lebt trotzdem weiter. Frag mich nicht, warum das so ist. Aber ich weiß, daß solche Dinge passieren, und du weißt es auch.«

Rothman sah mich unbewegt an. Dann nickte er leicht. »Mag sein, Lou. Mag sein, daß du eine weiße Weste hast. Ich habe dich genau beobachtet, und ich habe alles bedacht, was ich über dich weiß, und es paßt nicht zu dem Bild, das ich mir von dem Mörder gemacht habe.«

»Was soll ich dazu sagen?«

»Gar nichts, Lou. Ich muß dir wohl dankbar sein. Du hast mir doch eine beträchtliche Last von der Seele genommen. Und wenn du jetzt noch was für mich tun würdest . . .«

»Ja?«

»Nur zu meiner eigenen Information: Was steckte denn nun wirklich dahinter? Daß dein Haß auf Conway für einen Mord nicht gereicht hat, will ich dir abnehmen, aber besonders ins Herz geschlossen hast du ihn ja auch nicht. Was sollte das Ganze?« Diese Frage hatte ich erwartet. Und zwar schon seit meiner nächtlichen Unterredung mit ihm. »Sie sollte aus der Stadt verschwinden. Conway hat das Geld ausgespuckt, um zu erreichen, daß sie sich davonmacht und Elmer in Ruhe läßt. In Wirklichkeit –«

»In Wirklichkeit hatte Elmer vor, mit ihr zusammen zu türmen, nicht?« Rothman stand auf. »Der Ansatz war gut, wenn die Sache auch schlecht ausgegangen ist. Es tut mir fast leid, daß nicht ich auf die Idee gekommen bin.«

»Nicht der Rede wert. Du weißt doch: Wo ein Wille ist, da ist auch ein Weg.«

»Au. Und wie fühlt sich Conway jetzt so?«

»Nicht besonders, glaube ich.«

»Vielleicht hat er was Unrechtes gegessen. Aber wie gesagt, Lou, mit den dummen Sprüchen würde ich ein bißchen vorsichtig sein.«

Und dann ging er.

Ich holte die Zeitungen herein, die von gestern nachmittag und die von heute früh, schenkte mir Kaffee nach und setzte mich wieder an den Tisch.

Wie üblich hatte mich die Presse sehr anständig behandelt. Statt mich als einen Trottel oder einen aufgeblasenen Wichtigtuer hinzustellen, was die Zeitungsfritzen ohne weiteres hätten tun können, war ich »der unentbehrliche erste Mann des Sheriffs, dessen selbstloses Eingreifen durch die Überraschungen, die uns das Menschlich-Allzumenschliche zuweilen bereitet, bedauerlicherweise umsonst war.«

Ich lachte und hätte mich beinahe an meinem Kaffee verschluckt. Trotz allem, was ich hinter mir hatte, fühlte ich mich jetzt richtig gut. Joyce war tot. Nicht einmal Rothman hatte mich im Verdacht. Und wer mit dem ins reine kam, hatte nichts mehr zu befürchten. Joe Rothman war so eine Art Säuretest.

Ich überlegte, ob ich bei der Zeitung anrufen und sie zu ihrer präzisen Berichterstattung beglückwünschen sollte. Ich mache so was oft, und es kommt immer gut an. Ich könnte zum Beispiel sagen – ich grinste vor mich hin –, daß die Wahrheit wunderlicher sein kann als jede Dichtung. Und vielleicht noch: Kein Mord bleibt ungesühnt. Oder: Es ist nichts so fein gesponnen, es kommt doch noch an die Sonnen.

Und dann verging mir das Lachen. Da waren sie wieder, die dummen Sprüche. Rothman hatte mich gewarnt, und Bob Maples hatte sich darüber geärgert. Aber . . .

Warum eigentlich nicht, wenn es mir Spaß machte? Wenn es mir half, über meine Verkrampfungen hinwegzukommen? Die dummen Sprüche paßten zu dem etwas vertrottelten, gutmütigen Typ, der keiner Fliege was zuleide getan hätte. Rothman selbst hatte gesagt, daß die Sachen, die er über mich wußte, nicht zu dem Bild paßten, das er sich von einem Mörder gemacht hatte. Und meine Sprüche waren einfach ein Teil von mir – das heißt ein Teil von dem Mann, der sie alle in die Irre geführt hatte. Was würden die Leute denken, wenn ich auf einmal Schluß mit dem Sprücheklopfen machte?

Nein, ich mußte so weitermachen wie bisher, ob ich wollte oder nicht. Es blieb mir gar nichts anderes übrig. Aber natürlich würde ich die Sache in Zukunft ein bißchen niedriger fahren, es nicht übertreiben.

Ich fühlte mich noch immer ziemlich gut. Aber ich beschloß, doch nicht bei der Zeitung anzurufen. Der Artikel war mehr als fair mir gegenüber gewesen, aber die von der Zeitung hatte es ja auch nichts gekostet, irgendwie mußten sie ja ihre Spalten füllen. Und ein paar Sachen schmeckten mir ganz und gar nicht, beispielsweise, was sie über Joyce schrieben. Sie war keine »billige Gunstgewerblerin«. Und es stimmte einfach nicht, daß sie »die Liebe mehr nach Quantität als nach Qualität betrieben« hätte. Sie war nichts weiter als ein nettes Kätzchen gewesen, das dem Falschen in die Quere gekommen war – oder dem Richtigen am falschen Ort.

Kurz nach acht rief Amy Stanton an, und ich bat sie, abends herüberzukommen. Besser als jeder Widerstand ist es, die Leute ins Leere laufen zu lassen. Wenn ich mich nicht mehr sträubte, würde sie es für überflüssig halten, mich von morgens bis abends mit dem Hochzeitstermin zu nerven. Und so eine Hochzeit kann man schließlich nicht von heute auf morgen organisieren, da gibt es alles mögliche zu regeln und zu besprechen, und bis sie das alles erledigt hatte, war ich längst weg aus Central City.

Nach dem Gespräch mit Amy ging ich in Dads Labor, machte den Bunsenbrenner an und sterilisierte eine intravenöse und eine normale Injektionsspritze. Dann holte ich die Kartons mit dem männlichen Hormon und dem Vitamin-B-Komplex heraus. Dads Medikamente wurden langsam alt, aber die Pharmafirmen schickten nach wie vor brav ihre Muster, und damit kam ich ganz gut über die Runden.

Das Vitamin B spritzte ich mir in den rechten Arm, das Hormon in die Hüfte. Jetzt war ich für die Nacht gerüstet. Ich würde Amy nicht noch einmal zu enttäuschen brauchen und damit ihren Argwohn wecken. Ob meine Ladehemmung psychosomatische oder ganz natürliche Ursachen gehabt hatte, ob es an der Anspannung oder an einer Überdosis Joyce gelegen hatte – heute war alles in Ordnung. Amy würde für mehr als eine Woche genug haben.

Ich ging ins Schlafzimmer und legte mich hin. Mittags, als die Sirenen der Raffinerien heulten, wachte ich auf, dann döste ich wieder ein und schlief bis nach zwei. Manchmal – eigentlich fast immer – kann ich acht bis zehn Stunden schlafen, ohne richtig ausgeruht zu sein. Nicht, daß ich dann noch müde bin, aber ich kann mich nicht aufraffen aufzustehen, ich möchte am liebsten bleiben, wo ich bin, mit niemandem reden, niemanden sehen.

Heute war das anders, ich war zu allen Schandtaten bereit. Ich rasierte mich, duschte und blieb lange unter dem kalten Strahl stehen, denn die Spritze begann schon zu wirken. Ich zog mir ein sauberes Hemd an und band mir eine frische Fliege und holte einen frisch gebügelten blauen Anzug aus dem Schrank.

Dann machte ich mir einen Happen zu essen und rief bei Sheriff Maples an. Seine Frau meldete sich. Bob fühlte sich nicht besonders, sagte sie, der Arzt hatte gemeint, er solle ein, zwei Tage zu Hause bleiben. Im Augenblick schlief er, und sie würde ihn nicht gern wecken. Wenn es natürlich wichtig war . . .

»Ich wollte nur mal hören, wie's ihm geht«, sagte ich. »Ich wär sonst auf ein paar Minuten vorbeigekommen.«

»Das ist lieb von dir, Lou. Ich sag ihm, daß du angerufen hast. Vielleicht kannst du morgen kommen, wenn er bis dahin noch nicht wieder auf dem Damm ist.«

»Wird gemacht«, versprach ich.

Ich versuchte zu lesen, aber ich konnte mich nicht konzentrieren. Komisch, jetzt hatte ich schon mal einen Tag frei und wußte nicht, was ich mit mir anfangen sollte. Zum Billardspielen oder zum Bowling konnte ich nicht gehen, ein Cop drückt sich nicht in Billardsalons oder auf Bowlingbahnen herum, und in Bars geht er auch nicht, das ist schlecht für den Ruf. Und tagsüber ins Kino zu gehen macht auch keinen guten Eindruck. Ich konnte spazierenfahren. Aber das war schon so ziemlich alles.

Allmählich fühlte ich mich gar nicht mehr so gut. Ich holte den Wagen heraus und fuhr aufs Revier. Hank Butterby, der Deputy vom Dienst, las Zeitung, hatte die Stiefel auf die Schreibtischplatte gelegt und kaute Tabak. Ob mir auch so heiß sei, wollte er wissen, und warum ich eigentlich nicht zu Hause bliebe, wo ich schon mal die Gelegenheit dazu hatte.

»Na ja«, sagte ich. »Du weißt ja, wie das so geht, Hank.«

»Bist mal wieder der Star des Tages.« Er nickte zu der Zeitung herüber. »Ich wollt's dir gerade ausschneiden.«

Hank hatte einen Ausschneidefimmel, nicht nur wenn es um Artikel über mich ging. Er schnitt Karikaturen aus und den Wetterbericht und Kitschgedichte und Ratschläge für die Gesundheit, einfach alles. Ohne eine Schere in Griffweite konnte er vermutlich überhaupt nicht mehr Zeitung lesen.

»Ich geb dir ein Autogramm dazu«, sagte ich, »dann kannst du den Artikel aufheben. Vielleicht wird er eines Tages noch richtig wertvoll.«

Er warf mir einen schrägen Blick zu. »Meinst du? Aber ich will dir keine Mühe machen, Lou.«

»Es macht mir keine Mühe. Gib mal her.« Ich krakelte meinen Namen an den Zeitungsrand und gab ihm den Artikel zurück. »Aber sag's nicht weiter. Wenn die anderen Kollegen auch angerannt kommen, sinkt das Autogramm im Wert.«

Er starrte das Stück Zeitung mit glasigem Blick an, als hätte er Angst, es könnte ihn beißen. »Glaubst du wirklich?«

»Ich will dir mal was sagen.« Ich stützte die Ellbogen auf den Schreibtisch und senkte meine Stimme zu einem Flüstern. »Du fährst zu einer der Raffinerien und staubst eine Öltonne ab. Und dann – kennst du jemanden, bei dem du dir einen Schweißbrenner borgen kannst?«

»Ich glaub schon.« Auch er flüsterte jetzt.

»Dann schneidest du die Tonne in der Mitte durch, legst den Artikel mit dem Autogramm hinein – es ist das einzige Exemplar, Hank! – und schweißt sie wieder zu. In sechzig, siebzig Jahren kannst du das Ding in ein Museum bringen und ein Vermögen dafür kassieren.«

»Mann, das ist stark«, staunte er. »Hast du auch so 'ne Tonne, Lou? Soll ich dir eine mitbringen?«

»Schönen Dank, aber ich glaube, so alt werd ich nicht.«

11

Ich blieb auf dem Gang vor Howard Hendricks' Büro stehen, und er sah auf und winkte mir zu. »Tag, Lou. Kommen Sie einen Augenblick herein, setzen Sie sich.«

Ich trat ein, nickte seiner Sekretärin zu und zog mir einen Stuhl an seinen Schreibtisch heran. »Ich hab gerade mit Bobs Frau gesprochen, es geht ihm nicht besonders.«

»Hab ich auch schon gehört.« Er riß ein Streichholz für meine Zigarre an. »Na, zum Glück ist im Fall Conway nichts mehr zu tun, wir können jetzt nur noch abwarten, ob es dem Alten vielleicht einfällt, sich wichtig zu machen. Aber wahrscheinlich wird er sich früher oder später mit der Situation abfinden.«

»Dumm, daß die Lakeland gestorben ist«, sagte ich.

Er zuckte die Schultern. »Ach, ich weiß nicht, Lou, wahrscheinlich hätte sie uns kaum was sagen können, was wir nicht schon wußten. Ganz unter uns – ich bin ziemlich erleichtert. Conway wäre nicht eher zufrieden gewesen, bis man ihr die ganze Schuld zugeschoben und sie auf den elektrischen Stuhl geschickt hätte. Und da hätte ich nicht gern mitgemacht.«

»Nein, das glaube ich gern.«

»Wenn sie am Leben geblieben wäre, hätte ich es natürlich gemacht, ich meine, ich hätte sie ans Messer liefern müssen.«

Er lehnte sich zurück. Nach unserem gestrigen Hickhack waren wir offenbar die besten Freunde.

»Ich hab mir überlegt, Howard . . .«

»Was denn, Lou?«

»Ach, nichts weiter. Vielleicht sehen Sie die Dinge nicht so wie ich.«

»Das dürfen Sie nicht sagen, Lou, ich hatte schon immer das Gefühl, daß uns vieles verbindet. Was wollten Sie denn sagen?«

Einen Augenblick wandte er den Blick von mir ab, und um seinen Mund zuckte es ein bißchen. Ich wußte, daß seine Sekretärin ihm zugeblinzelt hatte.

»Die Sache ist die . . . Ich sehe uns eigentlich – die von der Stadt, meine ich – als eine große, glückliche Familie.«

»Eine große, glückliche Familie, wie?« Sein Blick ging wieder zur Seite. »Sprechen Sie ruhig weiter, Lou!«

»Eine verschworene Schicksalsgemeinschaft sozusagen.«

»Hm . . . «

»Wir sitzen alle im gleichen Boot, und wir ziehen alle am gleichen Strick, halten zusammen wie Pech und Schwefel . . .« Plötzlich schien sein Hals anzuschwellen. Er holte rasch ein Taschentuch heraus, dann drehte er mir den Rücken und hustete und würgte. Ich hörte, wie seine Sekretärin aufstand und fluchtartig das Zimmer verließ. Ihre Absätze klapperten den Gang entlang, immer schneller, die Damentoilette erreichte sie fast im Laufschritt. Ich hoffte von Herzen, daß sie sich in die Hosen gemacht hatte.

Und ich hoffte von Herzen, daß der Schrapnellsplitter Howard endlich einen Lungenflügel durchstoßen hatte. Dieser Schrapnellsplitter hatte den Steuerzahler schon eine schöne Stange Geld gekostet. Dank seiner Reden über diesen blöden Splitter war er in sein Amt gewählt worden. Nicht, weil er bei uns mal gründlich aufgeräumt hatte. Nur mit Hilfe des Schrapnells.

Endlich richtete er sich auf und drehte sich wieder um, und ich sagte, mit so einer Erkältung sei nicht zu spaßen. »Wenn ich erkältet bin, nehm ich immer Wasser, in dem ich eine Zwiebel ausgekocht habe, dazu kommt der Saft von einer großen Zitrone. Oder von einer mittelgroßen und einer kleinen, wenn –«

»Lou«, sagte er scharf.

»Ja?«

»Ich weiß Ihre Ratschläge durchaus zu schätzen, aber darf ich Sie jetzt bitten, zur Sache zu kommen? Was wollten Sie mir sagen?«

»Ja, da ist nämlich ein Punkt, über den ich mir Gedanken gemacht habe . . .« Es war das Problem, das Rothman so zu schaffen gemacht hatte, ich verpackte es in meine eigenen Worte und brachte es langsam, stotternd und ungeschickt heraus.

»Donnerwetter«, sagte er langsam. »Das ist ja wirklich eine tolle Geschichte. Liegt eigentlich auf der Hand, ist so einfach, daß man nicht drauf kommt. Sieht wirklich aus, als ob er sie umgebracht hat, nachdem er schon tot war. Und das ist ja nun nicht möglich.«

»Oder umgekehrt«, sagte ich.

Er wischte sich aufgeregt über die Stirn. Den armen Trottel Lou mit seinen Reifenspuren in die Pfanne hauen, das konnte er, so weit reichte es gerade noch. Aber dieser Sache war er nicht gewachsen.

»Wissen Sie, was das bedeutet, Lou?«

»Nicht unbedingt das, was Sie meinen, Howard.« Und ich wiederholte das, was ich Rothman aufgetischt hatte. Daß es auch bei Morden sehr sonderbare Zufälligkeiten gibt. »Und so was muß es gewesen sein, es gibt eben Dinge, die kann man mit dem Verstand nicht erklären.«

»Muß wohl so gewesen sein. Sie – haben doch mit niemandem darüber gesprochen, Lou?«

Ich schüttelte den Kopf. »Es ist mir vorhin erst eingefallen. Falls Conway noch sauer ist, wenn er zurückkommt, könnte ich ja . . .«

»Würde ich an Ihrer Stelle nicht tun, Lou. Ich glaube nicht, daß das klug wäre.«

»Sie meinen, ich soll damit zuerst zu Bob gehen? Das ist ja klar. Bob würde ich niemals übergehen.«

»Nein, das habe ich nicht gemeint, Lou. Bob geht es nicht gut, Conway hat ihn offenbar ganz schön fertiggemacht. Ich finde, wir sollten ihn nicht noch mit zusätzlichen Problemen belasten. Mit Problemen, die, wie Sie ganz richtig sagen, höchstwahrscheinlich gar nicht ins Gewicht fallen.«

»Aber wenn sie doch gar nicht ins Gewicht fallen, verstehe ich nicht, wieso –«

»Behalten wir es einfach für uns, Lou, vorläufig jedenfalls. Warten wir erst mal ab. Was haben wir denn an Beweisen?«

»Wenig. Um nicht zu sagen: gar nichts.«

»Genau. Ich hätte es nicht besser ausdrücken können.«

»Ich hab da eine Idee. Es wäre wahrscheinlich nicht sehr schwierig, den Typen auf die Spur zu kommen, die bei Joyce Lakeland ein und aus gegangen sind. Mehr als dreißig oder vierzig dürften es nicht gewesen sein, sie gehörte ja zur gehobenen Preisklasse. Bob und ich und unsere Jungs könnten die Burschen zusammenholen, und Sie –«

Was meinen Sie, wie der Mann geschwitzt hat! Dreißig bis vierzig angesehene Mitbürger von Central City zusammenzuholen machte uns ja nichts weiter aus. Aber er würde das Beweismaterial sichten und Anklage erheben müssen, und wenn das geschafft war, dann war auch Howard Hendricks geschafft. Samt seiner Karriere. Schrapnell hin, Schrapnell her – nicht mal einen Posten als städtischer Hundefänger würde er mehr bekommen.

Natürlich riß ich mich in Wirklichkeit ebensowenig darum wie er. Der Fall war abgeschlossen, Elmer Conway war der Sündenbock, und damit basta. Inzwischen war es fast Zeit zum Abendessen, und so ließ ich mich, wenn auch etwas widerstrebend, so nach und nach von ihm überzeugen. Ich sei ja kein Fachmann in diesen Dingen, sagte ich, und ich sei ihm sehr dankbar, daß er mir das alles so gut erklärt hatte. Und damit war Schluß. Fast.

Zum Abschied gab ich ihm noch mein Patentrezept gegen Husten. Pfeifend schlenderte ich zu meinem Wagen und dachte mir, daß es doch noch ein sehr schöner Nachmittag geworden war.

Zehn Minuten später war ich auf der Derrick Road. Ich weiß nicht warum. Doch, ich weiß warum. Weil sie die einzige war, mit der ich hätte reden können, die verstanden hätte, was mit mir los war. Aber ich wußte, daß sie nicht da war, daß sie nie mehr da sein würde. Und darum . . . Ach, was soll's.

Ich fuhr zurück in die Stadt, zurück zu dem verbauten alten Haus mit der Scheune, in der die Ratten pfiffen. Und dann sagte ich ganz laut: »Es tut mir leid, Baby. Du wirst nie erfahren, wie leid es mir tut.« Und: »Du verstehst mich doch, nicht wahr? Noch ein paar Monate, und ich hätte nicht mehr aufhören können, ich hätte jede Beherrschung verloren und –«

Ein Schmetterling schlug leicht mit den Flügeln gegen die Windschutzscheibe und flatterte davon, und ich fing wieder an zu pfeifen. Doch, es war ein sehr schöner Nachmittag gewesen.

Ich hatte kaum mehr etwas zu essen im Haus, deshalb hielt ich unterwegs und kaufte ein, unter anderem auch ein Steak zum Abendessen, das ich nebst allen möglichen anderen Sachen ratzekahl verputzte. Der Vitamin-B-Komplex tat seine Wirkung, das Hormon auch. Ich wartete sehnsüchtig auf Amy.

Solange wie möglich hielt ich mich mit dem Abwasch und dem Küchewischen auf, dann hängte ich den Scheuerlappen zum Trocken vor die Tür, ging wieder ins Haus und sah auf die Uhr. Die Zeiger schienen festgenagelt zu sein. Bis sie es wagen konnte, zu mir zu kommen, konnten noch zwei Stunden vergehen.

Ich goß mir eine Tasse Kaffee ein, ging damit in Dads Sprechzimmer, stellte sie auf seinen Schreibtisch, zündete mir eine Zigarre an und begann in den Bücherregalen herumzustöbern.

Dad pflegte zu sagen, daß die Unterscheidung zwischen Dichtung und Wahrheit im Leben schon schwer genug sei und er deshalb eigentlich überhaupt keine Romane zu lesen brauchte. Und daß Wissenschaft und Religion kaum unter einen Hut zu bringen seien, daß aber andererseits die Wissenschaft selbst so etwas wie eine Religion werden und auch ein großzügiger Geist leicht einen engstirnigen Zug entwickeln könnte. Deshalb stand in der Bibliothek eben doch so einiges an schöner Literatur und vielleicht mehr Theologisches als mancher Pfarrer zu Hause hatte.

Von den Romanen hatte ich manche gelesen, den theologischen Kram aber hatte ich nicht angerührt. Ich ging zur Kirche und versuchte, mich einigermaßen anständig aufzuführen, aber damit hatte es sich auch schon. Denn Kinder sind nun mal Kinder, und wenn das ziemlich platt klingt, kann ich dazu nur sagen, daß viele unserer sogenannten großer Denker diese tiefe Wahrheit nie erkannt haben. Wenn dein Sohn dich ständig fluchen hört, flucht er bald selber, er kapiert es nicht, wenn du ihm sagst, daß es sich nicht gehört. Kinder halten zu dir, und wenn du was machst, muß es richtig sein.

Heute hielt ich mich zur Abwechslung an die theologische Abteilung. Die anderen Sachen hatte ich fast alle schon gelesen. Und ich dachte wohl auch daran, daß ich mal nachsehen sollte, was für Werte in der Bibliothek steckten, falls ich das Haus verkaufte.

Ich griff mir eine dicke, ledergebundene Bibelkonkordanz, blies den Staub weg und ging damit an den Schreibtisch. Sie ging wie von selbst an einer Stelle auf, an der zwischen zwei Seiten ein Foto lag, ein Schnappschuß im Format sechs mal neun.

Ich drehte das Bild erst so rum und erst so rum, ich drehte es zur Seite und wieder zurück. Und ich grinste gespannt und ein bißchen ratlos vor mich hin.

Was ich sah, war das Gesicht einer Frau. Sie war nicht ausgesprochen hübsch, aber ein Typ, der dich anmacht, ohne daß du genau weißt warum. Aber wo, zum Teufel, das Gesicht saß und was die Frau da machte, das war mir noch unklar. Auf den ersten Blick sah es so aus, als ob sie durch eine Astgabel schaute, einen weißen Ahorn zum Beispiel, von dessen Stamm zwei Äste ausgehen. Sie hatte die Hände um die Äste gelegt und – aber nein, das konnte auch nicht stimmen . . .

Ich rieb mit dem Foto an meinem Ärmel herum. Das Gesicht kam mir jetzt irgendwie bekannt vor. Langsam kam die Erinnerung zurück, wie eine Maus aus dem Loch. Es war ein altes Foto, und auf der Astgabel – oder was immer es war – waren Kratzer, da war wohl die Oberfläche abgegriffen.

Ich holte ein Vergrößerungsglas, nahm mir das Foto noch einmal vor, drehte es um, dann ließ ich das Vergrößerungsglas fallen, schob das Bild zurück und saß da und starrte mit leerem Blick vor mich hin.

Sie sah nicht durch eine Astgabel. Sie lag auf den Knien und sah hindurch. Und die Spuren auf ihren Schenkeln waren keine Kratzer auf der Bildoberfläche, sondern Schrammen. Die Frau war Helene. Sie war früher mal Dads Haushälterin gewesen.

12

Nur wenige Minuten saß ich so da und starrte vor mich hin, aber in dieser Zeit kam eine ganze Welt zurück. Meine verlorene Kinderwelt. Zu der eben auch Helene gehört hatte.

»Willst du mit mir kämpfen, Helene? Willst du boxen lernen?«

Und: »Ich bin müde, du hast mich eben getroffen . . .«

Und: »Aber es wird dir Spaß machen, mein Kleiner. Alle großen Jungen tun es.«

Ich durchlebte es alles noch einmal. Bis zum letzten Tag. Diesem schrecklichen Tag, als ich, halb krank vor Angst und Scham, am Fuß der Treppe hockte, mit Schmerzen an allen Gliedern von der ersten und einzigen Tracht Prügel, die ich je von meinem Vater bezogen hatte. Ich horchte auf die leisen, zornigen Stimmen in der Bibliothek.

»Da gibt es gar keine Diskussion, Helene. Heute abend noch verläßt du dieses Haus. Du kannst von Glück sagen, daß ich dich nicht anzeige.«

»Du – mich anzeigen? Das möchte ich mal sehen.«

»Wie konntest du nur so etwas tun, Helene?«

»Eifersüchtig?«

»Du – und ein Kind . . .«

»Eben, ein Kind. Daniel, hör zu, ich –«

»Bitte sag nichts. Es ist meine Schuld. Hätte ich nicht –«

»Hat es dir geschadet? Hast du jemandem damit weh getan? Und – hast du nicht allmählich jedes Interesse daran verloren?«

»Aber ein Kind. Mein Kind. Mein einziger Sohn. Wenn was passiert . . .«

»Das ist es also. Nicht um ihn geht es. Sondern um dich. Um

deinen Ruf.«

»Geh. Sofort bitte. Wer so gefühllos daherredet –«

»Ich weiß, ich weiß. Ich gehöre zum weißen Abschaum – so nennt ihr das doch, nicht? Ich komme nicht aus einer guten alten Familie, aber soll ich dir mal was sagen? Wenn ich einen miesen Heuchler wie dich sehe, bin ich verdammt froh darüber.«

»Hau ab, oder ich bring dich um.«

»Im Ernst? Sie sollten an Ihren Ruf denken, Herr Doktor. Und jetzt will ich dir noch was sagen –«

»Raus!«

»Was da passiert ist, war im Grunde genommen völlig harmlos. Eine Lappalie. Daß etwas Großes, Böses daraus geworden ist, liegt an dir. Einzig und allein an dir.«

»Ich – bitte, Helene . . .«

»Du wirst nie einen umbringen. Du nicht. Du bist so verdammt arrogant und selbstzufrieden, es macht dir Spaß, anderen Menschen weh zu tun, aber –«

»Nein.«

»Na schön, hab ich mich eben geirrt. Du bist der große, gute Dr. Ford, und ich bin nur weißer Abschaum, und deshalb seh ich das nicht richtig. Hoffentlich.«

Das war alles.

Ich hatte es vergessen, und jetzt vergaß ich es zum zweiten Mal. Es gibt Dinge, die man vergessen muß, wenn man weiterleben will. Und das wollte ich – mehr denn je. Wenn dem lieben Gott bei der Erschaffung des Menschen ein Konstruktionsfehler unterlaufen ist, dann der, daß wir weiterleben wollen, wenn wir den wenigsten Anlaß dazu haben.

Ich stellte die Konkordanz wieder ins Regal zurück, ging mit dem Foto ins Labor und verbrannte es. Es kam mir vor, als ob es lange brauchte, bis es zu Asche geworden war. Sehr lange. Und ob ich wollte oder nicht, mir fiel auf, daß die Frau auf dem Foto Joyce sehr ähnlich sah. Und auch ein bißchen Amy Stanton.

Das Telefon läutete. Ich wischte mir die Hände an der Hose ab und meldete mich.

»Hier Howard. Könnten Sie bitte gleich mal herkommen? Ja, ins Gericht.«

»Ich weiß nicht recht, ich –«

»Sie wird sich ein bißchen gedulden müssen, Lou, es ist wichtig.« Mußte es wohl sein, er überschlug sich ja geradezu. »Wissen Sie noch, worüber wir heute nachmittag gesprochen haben? Daß es einen dritten Tatbeteiligten geben könnte . . . Wir hatten den richtigen Riecher, Lou.«

»Aber das kann doch nicht – ich meine . . .«

»Wir haben ihn, Lou, wir haben den Kerl.«

»Er hat gestanden? Aber Sie wissen doch selber, Howard, daß es immer Spinner gibt, die alles mögliche gestehen würden, nur um –«

»Nein, er hat nicht gestanden, er will nichts sagen, deshalb ist Ihr Typ gefragt, Lou. Wenn irgendeiner ihn zum Sprechen bringen kann, sind Sie es. Sie kennen ihn nämlich.«

»Wer – ist es denn?«

»Der Sohn von diesem Griechen, Johnnie Pappas. Er hatte schon ein paarmal Ärger mit der Polizei. Ich habe Chester Conway angerufen, er fliegt morgen von Forth Worth zurück. Ich habe ihm erzählt, daß wir beide den Fall durchgesprochen haben und daß wir von Anfang an fest davon überzeugt waren, daß nicht Elmer der Täter war. Der Alte ist natürlich hochbeglückt. Wenn wir aus dem Kerl ein Geständnis herauskitzeln können . . .«

»Ich komme sofort, Howard«, sagte ich.

Ich drückte auf die Gabel und überlegte, wie es wohl passiert war. Wie es passiert sein mußte.

Dann rief ich Amy an. Ihre Eltern waren noch auf, sie konnte deshalb nicht viel sagen, und darüber war ich heilfroh. Ich gab ihr zu verstehen, daß ich große Sehnsucht nach ihr hatte – was auch stimmte – und daß es nicht sehr lange dauern würde.

Dann nahm ich meine Brieftasche heraus und breitete die Geldscheine auf dem Schreibtisch aus.

Ich hatte nur die Zwanziger gehabt, die Elmer mir gegeben hatte. Fünfundzwanzig an der Zahl. Und als ich sah, daß fünf fehlten, wurde mir ziemlich flau. Dann fiel mir ein, daß ich vier in Fort Worth für die Bahnkarten und nur einen hier in Central City ausgegeben hatte. Nur einen. Mit dem hatte ich Johnnie Pappas bezahlt.

Ich setzte mich in den Wagen und fuhr zum Revier.

Deputy Hank Butterby warf mir einen gekränkten Blick zu, ein anderer Deputy, Jeff Plummer, zwinkerte mir zu und murmelte einen Gruß in seinen Bart, dann kam Howard, packte mich am Arm und zog mich in sein Büro.

»Ist das ein Knüller, Lou?« Er sabberte fast vor Aufregung. »Jetzt passen Sie auf: Sie versuchen es erst mal auf die sanfte Tour, darauf verstehen Sie sich ja, und wenn er weich ist, sagen Sie ihm, daß er mit Totschlag davonkommt, wenn er gesteht. Natürlich werden wir das mit dem Totschlag nicht hinkriegen, aber wenn Sie es ihm sagen, brauche ich mich später, wenn er sich darauf beruft, nicht daran gebunden fühlen. Machen Sie ihm ruhig klar, daß er sonst auf dem elektrischen Stuhl landet. Er ist über achtzehn und –«

Ich starrte ihn an. Er mißverstand meinen Blick. »Ja, ich weiß, das alles brauche ich Ihnen gar nicht zu erzählen, ich weiß doch, daß Sie mit diesen Typen auch ohne mich klarkommen.«

»Sie haben mir noch gar keine Einzelheiten erzählt«, wandte ich ein. »Ich weiß wohl, daß Johnnie manchmal ein bißchen unbesonnen ist, aber als Mörder kann ich ihn mir eigentlich nicht vorstellen. Was für Beweise haben Sie denn gegen ihn?«

»Elmer hat der Person zehntausend Dollar gebracht. Oder vielmehr: Er sollte ihr zehntausend Dollar bringen. Als wir das Geld zählten, fehlten fünfhundert.«

»Und?« fragte ich. Genau, wie ich es mir gedacht hatte. Elmer, dieser Trottel, hatte mir gegenüber nicht zugeben wollen, daß er kein eigenes Geld hatte.

»Bob und ich dachten zuerst, Elmer hätte es beim Spiel verjubelt, aber die Scheine waren alle gezeichnet, und der Alte hatte allen Banken Bescheid gesagt, um die Lakeland wegen Erpressung hoppnehmen zu lassen, falls sie sich nach der Zahlung noch in der Stadt herumgedrückt hätte. Dieser Conway ist wirklich schwer auf Draht, der läßt sich nicht so schnell überfahren.«

»Aber dafür habt ihr mich um so gründlicher überfahren«, maulte ich.

»Das dürfen Sie nicht so eng sehen, Lou.« Er klopfte mir auf die Schulter. »Wir hatten volles Vertrauen zu Ihnen, aber schließlich war es Conways Bier . . . Und Sie waren nun mal in der Nähe und . . .«

»Schon gut. Hat Johnnie etwas von dem Geld ausgegeben?«

»Einen Zwanziger. Er hat ihn gestern abend in einem Drugstore gewechselt, heute früh ist der Schein bei der Bank gelandet, und zwei Stunden später hatten wir ermittelt, von wem er kam und haben uns Johnnie Pappas geholt. Jetzt –«

»Woher wollen Sie wissen, daß es nicht doch Elmer war, der das Geld verpulvert hat und daß es jetzt allmählich in Umlauf kommt?«

»Bisher ist das der einzige Schein, der aufgetaucht ist. Aber ich erzähle Ihnen die Sache am besten von Anfang an, damit sparen wir Zeit. Ich hätte dem Jungen ohne weiteres abgenommen, daß er auf völlig harmlose Art an das Geld gekommen ist, er nimmt sich seinen Lohn in der Tankstelle selber, und das sind komischerweise genau zwanzig Dollar für die beiden Nächte. Es hätte ja sein können, daß er den Zwanziger eingenommen und sich dann gleich als Lohn behalten hatte. Aber er hat sich geweigert, sich dazu zu äußern. Konnte er ja wohl auch nicht. Zwischen Mitternacht und acht Uhr früh ist bei Murphy verdammt wenig Betrieb, er müßte sich also eigentlich an einen Kunden erinnern können, der mit einem Zwanzigdollarschein gezahlt hat.«

»Vielleicht war der Zwanziger bei Schichtwechsel schon in der Kasse?«

»Sie machen wohl Witze. Seit wann braucht man an einer Tankstelle einen Zwanziger als Wechselgeld?« Hendricks schüttelte den Kopf. »Nein, wir wußten schon, daß diese Erklärung nicht stichhaltig war, Sam Murphy hat es uns übrigens bestätigt. Natürlich haben wir uns auch Murphy genauer angesehen, aber der hat ein wasserdichtes Alibi. Was der Junge am Sonntagabend von neun bis elf gemacht hat, steht nicht fest. Wir haben es noch nicht herausgekriegt, und er sagt nichts dazu. Der Fall liegt klar, Lou, wie Sie ihn auch ansehen. Die Brutalität, mit der die Frau zusammengeschlagen worden ist, sieht doch ganz nach einem kräftigen jungen Kerl aus, mit dem die Nerven durchgegangen sind – oder? Und dann das Geld . . . Von den zehntausend fehlten nur fünfhundert. Die vielen Scheine überwältigen ihn, also greift er sich eine Handvoll und läßt den Rest liegen. Sieht doch auch wieder ganz nach einem Jugendlichen aus.«

»Klingt ziemlich überzeugend, Howard. Und den Rest, glauben Sie, hat er irgendwo versteckt.«

»Entweder das, oder er hat Angst bekommen und das Geld einfach weggeworfen. Der Fall ist klar, daran ist nicht zu deuteln. Würde Johnnie Pappas jetzt tot umfallen – ich würde darin eine Art Gottesurteil sehen, und ich bin wahrhaftig kein frommer Mann.«

Dagegen war nichts zu sagen.

»So, Lou, und jetzt an die Arbeit. Wir haben ihn erst mal auf Eis gelegt. Noch haben wir keine Anklage erhoben, das machen wir erst, wenn er gestanden hat. In diesem Stadium laß ich keinen Rechtsverdreher an ihn ran, wer weiß, was der ihm für Flöhe ins Ohr setzt.«

Ich zögerte. »Sie haben recht, damit ist uns nicht geholfen. Weiß Bob Bescheid?«

»Nein, den hab ich damit noch gar nicht behelligt. Er kann ja doch nichts tun.«

»Ich überlege nur, ob wir ihn nicht fragen sollten . . . Ob es ihm recht wäre, wenn ich . . .«

»Recht wäre?« Hendricks runzelte die Stirn. »Warum denn nicht? Ich weiß schon, was Sie meinen, Lou. Er ist ja fast noch ein Kind, und Sie kennen ihn persönlich. Aber er ist ein Mörder, und zwar ein verdammt kaltblütiger Mörder, vergessen Sie das nicht. Überlegen Sie mal, wie der armen Frau zumute war, als er ihr den Schädel einschlug. Sie haben ja gesehen, wie er sie zugerichtet hat. Hackfleisch hat er aus ihr gemacht . . .«

»Hören Sie bloß auf.«

»Schon gut, Lou.« Er legte mir einen Arm um die Schulter. »Ich vergesse immer wieder, daß Sie immer noch ein bißchen zart besaitet sind.«

»Tja, dann geh ich jetzt mal los. Damit ich's hinter mir habe.« Ich stieg hinunter in den Keller, wo die Zellen sind. Der Schließer machte mir das Tor auf und schloß hinter mir wieder ab. Am Haftraum und an den gewöhnlichen Arrestzellen vorbei gingen wir bis zu einer schweren Stahltür, in der ein kleines Guckloch war. Ich schaute hindurch, konnte aber nichts erkennen. Eine Birne kann man in so einer Zelle, in die nur die schwersten Fälle kommen, nicht riskieren, die geht doch zu Bruch, auch wenn man noch so sehr aufpaßt, und das Kellerfenster, das nur zu einem Drittel über der Erde lag, ließ nicht viel Tageslicht herein.

»Brauchen Sie 'ne Taschenlampe?«

»Nein, danke. Worauf es ankommt, werde ich schon erkennen können.«

Der Schließer machte die Tür einen Spaltbreit auf, ich schob mich hindurch, und er ließ sie mit einem hallenden Laut wieder zufallen. Einen Augenblick blieb ich mit dem Rücken zur Tür stehen und blinzelte, und dann hörte ich einen erstickten Ausruf, ein Schurren, ein Schatten erhob sich und taumelte auf mich zu.

Er fiel mir um den Hals, und ich hielt ihn fest und klopfte ihm beruhigend auf den Rücken.

»Ist ja gut, Johnny, ist ja schon gut. Das kommt alles wieder in Ordnung.«

»Ein Glück, daß Sie da sind, Lou, ein Glück . . . Ich hab gewußt, daß Sie kommen würden, daß Sie mich rausholen würden. Aber es hat so lange gedauert, und ich hab schon gedacht, vielleicht . . . vielleicht würden Sie doch nicht . . .«

»Aber du kennst mich doch, Johnny, du weißt doch, wieviel ich von dir halte.«

»Ja, eben.« Er holte tief Atem und stieß ihn ganz langsam wieder aus, wie ein Schwimmer, der endlich wieder Boden unter den Füßen hat. »Haben Sie 'ne Zigarette für mich, Lou? Diese Schweine haben mir alles weggenommen.«

»Sachte, Johnnie, sachte. Die Jungs tun auch nur ihre Pflicht. Komm, rauchen wir eine Zigarre zusammen.«

Wir setzten uns nebeneinander auf die Pritsche, ich zündete unsere Zigarren an, und er paffte, und ich paffte, und jeder Zug tauchte unsere Gesichter in ein rötliches Licht.

»Mein Alter wird ausflippen.« Er lachte. Es klang noch ein bißchen kippelig. »Er wird's erfahren müssen, nicht?«

»Ich fürchte ja, Johnnie.«

»Wann komm ich hier raus?«

»Sehr bald. Wo warst du am Sonntagabend?«

»Im Kino.« Er zog heftig an seiner Zigarre, und ich sah, daß sich sein Gesicht verhärtete. »Warum?«

»Du weißt ganz genau, was ich meine, Johnnie. Wo warst du nach dem Kino? Vom Ende der Vorstellung bis zum Dienstbeginn an der Tankstelle?«

»Interessiert doch nicht. Ich frage Sie ja auch nicht, wo –«

»Du kannst mich gern danach fragen, und ich sag es dir auch. Vielleicht kennst du mich doch nicht so gut, wie ich gedacht habe, Johnnie. Bin ich nicht immer fair dir gegenüber gewesen?«

»Klar«, sagte er beschämt. »Sie wissen doch, wie sehr ich Sie mag, Lou. Nur . . . Na schön, früher oder später kommt's ja doch raus. Ich hatte für den Mittwoch einen ganz steilen Zahn aufgerissen, aber meine Reifen waren nicht mehr besonders, und ich hab 'ne Chance gehabt, billig an neue ranzukommen, und da hab ich meinem Alten gesagt, ich würd ihm jede Woche was abzahlen, und –«

»Moment mal, das will ich jetzt ganz genau wissen«, bremste ich. »Du brauchtest neue Reifen für deinen Wagen und hast versucht, deinen Vater anzupumpen.«

»Sag ich ja. Und wissen Sie, was er geantwortet hat, Lou? Ich brauch keine neuen Reifen, hat er gesagt, ich soll mich nicht so viel draußen rumtreiben. Ich soll die Kleine mit nach Hause bringen, hat er gesagt, und Mom macht uns Eis, und wir spielen Karten oder so. Stellen Sie sich das mal vor. Ich hab gedacht, ich hör nicht richtig.«

Ich lachte ein bißchen. »Und da hast du dir die Reifen eben anderweitig besorgt. Von einem geparkten Wagen, stimmt's?«

»Stimmt. Und – ich hab gleich alle vier genommen. Eigentlich ist es mir ja gegen den Strich gegangen. Aber es mußte ja schnell gehen und –«

»Verstehe. Die Kleine hatte wohl einiges zu bieten.«

»Und ob. Ganz große Klasse.«

Ich lachte wieder, und er lachte auch, und plötzlich war es ganz still in der Zelle. Erschreckend still. Johnnie rutschte unbehaglich hin und her.

»Ich weiß, wem der Wagen gehört, Lou. Sobald ich ein bißchen was zusammengespart hab, schick ich ihm das Geld.«

»Schon gut, darüber brauchst du dir keine Sorgen zu machen!«

»Sind wir . . . kann ich . . .«

»Gleich«, sagte ich. »Gleich kannst du raus, Johnnie. Nur noch ein paar Formalitäten.«

»Mann, was bin ich froh, wenn ich erst raus bin. Ich glaube, wenn ich hier länger zubringen müßte, würde ich durchdrehen.«

»Manche drehen auch durch, Johnnie. Leg dich noch ein bißchen hin, mach's dir bequem, ich hab noch ein paar Fragen an dich.«

»Aber . . .« Er wandte sich langsam um und versuchte, mein Gesicht zu erkennen.

»Es ist vernünftiger«, redete ich ihm zu. »Wenn wir beide sitzen, verbraucht sich die Luft so schnell.«

»Na schön.« Er legte sich hin und seufzte tief auf. »Eigentlich ganz angenehm. Ist es nicht komisch, Lou, wie einem das hilft, wenn man mit jemandem reden kann? Mit einem, der dich mag und dich versteht. Dann ist alles gleich nur noch halb so schlimm.«

»Ja, das hilft sehr, da hast du recht. Du hast denen nicht gesagt, daß du den Zwanziger von mir hast, Johnnie?«

»Natürlich nicht. Was denken Sie denn von mir?«

»Warum hast du es ihnen nicht gesagt?«

»Ja, also . . .« Die harten Bretter der Pritsche knarrten. »Dieser Elmer hat sich doch in ziemlich komischen Pinten rumgetrieben, und ich hab gedacht, vielleicht . . . Ich weiß, daß Sie nicht wahnsinnig viel verdienen, und Sie geben immer noch anderen Leuten davon ab . . . und wenn jemand Ihnen mal was zusteckt, hab ich mir gedacht . . . «

»Verstehe. Aber ich nehme keine Schmiergelder, Johnnie.«

»Davon ist ja auch gar nicht die Rede.« Ich spürte, daß er die Schultern zuckte. »Ich wollte bloß nicht, daß die Sie damit überrumpeln, ehe Sie sich eine – ehe Ihnen eingefallen ist, wo Sie den Zwanziger herhaben.«

Einen Augenblick sagte ich gar nichts, saß nur da und machte mir so meine Gedanken über diesen Jungen, den die meisten seiner Mitmenschen schon als einen ausgemachten Taugenichts abgestempelt hatten. Und über ein paar andere Leute, die ich kannte. Schließlich sagte ich: »Ich wünschte, du hättest es nicht getan, Johnnie.«

»Warum denn nicht? Sollen die sich doch ruhig ärgern, daß sie nichts aus mir rauskriegen. Die sollen mir mal gestohlen bleiben. Aber Sie – Sie sind ein feiner Kerl.«

»Woher willst du das wissen, Johnnie? Kein Mensch kann dem anderen ins Herz sehen. Wir leben in einer verkehrten Welt, weißt du. Die Polizisten spielen die Gangsterrollen, und die Gangster sorgen für Recht und Ordnung. Die Politiker halten Predigten und die Prediger machen in Politik. Die Steuereinnehmer wirtschaften in die eigene Tasche. Die Schlechten möchten, daß wir mehr Geld haben, und die Guten gönnen es uns nicht. Das bekommt uns nicht, verstehst du, wie ich das meine? Wenn wir alle das essen würden, worauf wir Appetit haben, würde zu viel geschissen werden auf der Welt, und wir hätten eine Inflation in der Klopapierindustrie. So seh ich das.«

Er lachte und warf den Zigarrenstummel auf den Boden. »Sie können vielleicht reden, Lou! So hab ich Sie noch nie reden hören. Aber es wird spät, und ich –«

»Ja, Johnnie«, sagte ich. »Es ist eine verkehrte, verquere Welt, und ich fürchte, so bleibt sie auch. Und ich will dir auch sagen, warum. Weil kein Mensch, fast kein Mensch, sich daran stößt. Niemand sieht, wie verquer alles ist, und deshalb regt sich auch niemand darüber auf. Daß es Typen gibt, die zu viel trinken, daß einer ohne den Segen der Kirche mit einer Frau zusammenlebt – so was regt die Leute auf. So was schon. Typen wie dich, die mögen sie nicht, und auf denen hacken sie herum. Und so wie ich das sehe, wird das laufend schlimmer. Du wirst mich jetzt fragen, wieso ich da noch mitmische, obgleich ich weiß, wie es läuft. Tja, das ist schwer zu erklären, Johnnie. Ich hab irgendwie einen Fuß auf beiden Seiten, Johnnie, seit langem schon, und jetzt sind sie da angewachsen, und ich kann mich nicht mehr bewegen, ich kann nur warten, bis es mich eines schönen Tages zerreißt. Mittendurch. Aber du, Johnnie . . . Nein, wenn ich es recht bedenke, hast du es vielleicht doch richtig gemacht. Vielleicht war es am besten so. Es würde nämlich immer nur noch schwerer werden, Johnnie, und ich weiß, wie schwer es bis jetzt schon für dich war.«

»Ich – ich weiß nicht . . .«

»Ich habe sie umgebracht, Johnnie. Beide. Und sag nicht, daß das unmöglich ist, daß ich nicht der Typ dazu bin, denn du weiß ja nichts von mir.«

»Ich –« Er stützte sich auf einen Ellbogen, ließ sich wieder zurückfallen. »Bestimmt hatten Sie einen guten Grund dazu, Lou. Die hatten es sicher verdient.«

»Niemand hat so etwas verdient. Aber einen Grund – ja, den hatte ich.«

In der Ferne hörte ich die Sirenen der Raffinerien. Und ich stellte mir vor, wie die Arbeiter mit schweren Schritten durch die Werkstore kamen, die eine Schicht zum Arbeitsbeginn, die andere in Richtung Heimat. Wie sie die Henkelmänner in ihre Wagen stellten. Wie sie heimfuhren und mit ihren Kindern spielten und Bier tranken und vor dem Fernseher saßen und mit ihren Frauen schmusten. Als sei nichts geschehen. Als müßte nicht ein Junge sterben und ein Mann mit ihm, ein Teil von ihm jedenfalls.

»Lou . . .«

»Ja, Johnnie.« Es war eine Feststellung, keine Frage.

»Du meinst, ich soll die Schuld auf mich nehmen? Ich –«

»Nein«, sagte ich. »Ja.«

»Ich glaube, das bringe ich nicht, Lou. Ich – das ist zu schwer, glaube ich.«

Ich drängte ihn behutsam auf die Pritsche zurück, fuhr ihm zärtlich durchs Haar. »Der Frieden hat seine Zeit«, sagte ich, »und der Krieg hat seine Zeit. Säen hat seine Zeit, und Ernten hat seine Zeit. Zeit zu leben, Johnnie, und Zeit zu sterben . . .«

»Lou . . .«

»Mich trifft es härter als dich, Johnnie, glaub mir das.« Und ich schlug ihm mit der Handkante gegen die Luftröhre. Dann griff ich nach seinem Gürtel.

Ich klopfte an die Zellentür. Gleich darauf kam der Schließer, er machte die Tür einen Spaltbreit auf, ich schob mich hindurch, und er machte sie wieder zu.

»Hat's Ärger gegeben, Lou?«

»Nein, er war ganz friedlich. Ich glaube, der Fall ist geklärt.«

»Wird er reden?«

Ich zuckte die Schultern. »Noch ist alles drin.«

Ich ging zu Howard Hendricks. Ich hätte ein langes Gespräch mit Johnnie gehabt, sagte ich, und ich hätte den Eindruck, er würde gestehen. »Lassen Sie ihn jetzt ein, zwei Stunden in Ruhe«, meinte ich. »Ich habe getan, was ich konnte. Wenn ich ihn nicht zur Vernunft habe bringen können, schafft es keiner.«

»Ganz wie Sie meinen, Lou. Ich kenne ja Ihren Ruf. Soll ich Ihnen Bescheid sagen, wenn ich mit ihm gesprochen habe?«

»Ja, das wäre nett. Bin wirklich gespannt, ob er redet.«

13

Manchmal bummele ich durch unsere Straßen, lehne mich mit dem Rücken an eine Schaufensterscheibe, den Hut ins Genick geschoben, die Stiefel umeinandergehakt – wenn Sie mal in unserer Gegend waren, haben Sie mich bestimmt schon irgendwo da rumstehen sehen. Einen netten, freundlichen, leicht dümmlich wirkenden Typ, der aussieht, als könnte er kein Wässerchen trüben. Und dabei lache ich mich insgeheim scheckig.

Worüber? Über die Paare, die da an dir vorbeilaufen. Die lange Dicke und der kleine Dürre. Die Zierliche und der Gorilla. Die Frau mit dem ausgeprägten Unterkinn, und der Mann, dem du den Schlappschwanz schon von weitem ansiehst. Die mit den X-Beinen und den mit den O-Beinen. Wirklich, zum Schreien komisch ist das anzusehen. Dabei sind sie im Grunde gar nicht zum Lachen, diese Paare. Eher zum Heulen.

Dumm sind sie nämlich nicht, jedenfalls nicht dümmer als der Durchschnitt. Und sie laufen auch nicht einfach so falsch zusammengekoppelt durch die Gegend, damit Typen wie ich sich darüber kranklachen können. Es ist einfach so, daß ihnen das Schicksal einen ganz miesen Streich gespielt hat. Irgendwann – vielleicht nur minutenlang – muß es auch bei ihnen so gewesen sein, daß alle Gegensätze aufgehoben waren und sie genau das waren, was der Partner sich wünschte. Daß sie einander in genau dem richtigen Moment an genau dem richtigen Ort und in genau der richtigen Situation sahen. Wie gesagt – vielleicht waren es nur Minuten. Etwas Einmaliges, nie Wiederkehrendes. Etwas, was wunderschön war, solange es währte . . .

Es schien alles so zu sein wie sonst auch. Die Rouleaus waren heruntergelassen, die Badezimmertür stand einen Spaltbreit offen, so daß ein bißchen Licht ins Zimmer fiel. Sie lag auf dem Bauch und schlief. Alles war wie sonst – und doch ganz anders. Manchmal ist das so.

Sie wachte auf, während ich mich auszog, ein paar Münzen fielen mir aus der Tasche und kollerten bis zur Scheuerleiste hinüber. Sie setzte sich auf, rieb sich die Augen, hatte offensichtlich schon eine spitze Bemerkung auf der Zunge. Aber dann lächelte sie, und ich lächelte zurück, nahm sie in die Arme und hielt sie ganz fest. Ich küßte sie, und ihre Lippen öffneten sich, und sie legte mir die Arme um den Hals.

So fing es an. Und so ging es weiter.

Bis wir eng umschlungen nebeneinander lagen, erschöpft, ausgepumpt, atemlos. Und noch immer hatten wir Sehnsucht. Nacheinander. Nach irgend etwas. Es war wie ein Anfang, nicht wie das Ende.

Sie legte ihren Kopf an meine Schulter, es war ein gutes Gefühl, ich war nicht versucht, sie wegzuschieben, wie sonst manchmal.

»Du hast mir weh getan«, flüsterte sie mir ins Ohr.

»Du, das tut mir aber leid. Entschuldige.«

»Ganz doll weh. Da unten. Mit dem Ellbogen.« Sie streifte mit ihren Lippen über meinen Mund. »Aber ich bin dir nicht böse.«

Und dann schwieg sie und wartete. Sie rutschte noch ein Stück näher an mich heran. »Du, ich weiß was . . .«

»Was denn, Schatz?«

»Diese Operation . . . Das war bestimmt, nachdem Mike . . . Verstehst du, mir ist das egal, es geht mich ja auch nichts an. Aber danach war es, nicht? Dein Vater hat sich Sorgen gemacht, und da –«

An jedem anderen Abend hätte ich ihr zum Dank dafür mit Wonne den Hals umdrehen können, aber heute war ich ihr komischerweise noch nicht mal böse.

»Ja, ich glaube, es war ungefähr um diese Zeit. Aber soviel ich weiß, hatte es damit nichts zu tun.«

»Du, Schatz, was glaubst du, warum manche Leute . . . Sind nicht manche Frauen . . .« Sie kam noch näher an mich heran. Ihre Haut brannte. Sie begann zu weinen. »Frag mich nicht, Lou, ich meine ja nur . . .«

Also fragte ich sie nicht.

Später – sie weinte immer noch, aber diesmal anders – läutete das Telefon. Es war Howard Hendricks.

»Herzlichen Glückwunsch, Lou, Sie haben es geschafft.«

»Er hat also gestanden.«

»Nein, es ist noch viel besser: Er hat sich aufgehängt. Mit seinem Gürtel. Jetzt haben wir den Beweis, daß er der Täter war, brauchen uns nicht mit den Gerichten herumzuärgern und Steuergelder zu verpulvern. Lou, ich wünschte, ich könnte Ihnen jetzt die Hand schütteln.«

Er versuchte sich zu beruhigen. »Eins müssen Sie mir versprechen, Lou: Nehmen Sie's nicht zu schwer. Der Bursche ist da, wo er jetzt ist, am besten aufgehoben, glauben Sie mir das.«

»Da mögen Sie recht haben.«

Endlich machte er Schluß, und ich legte auf. Aber gleich darauf läutete es schon wieder. Diesmal war es Chester Conway aus Fort Worth.

»Gut gemacht, Lou. Das war saubere Arbeit. Was das für mich bedeutet, können Sie sich ja vorstellen. Da habe ich mich wohl geirrt, als ich –«

»Was denn?«

»Nichts. Spielt jetzt auch keine Rolle mehr. Bis bald, mein Junge.«

Und dann kam der dritte Anruf. Bob Maples' Stimme war dünn und zittrig.

»Ich weiß, wie gern du den Jungen hattest, Lou. Und ich weiß, was du denkst: Fast wär's mir lieber, wenn ich an seiner Stelle wäre . . .«

»Stimmt, Bob. Stimmt ganz genau.«

»Willst du auf einen Sprung zu uns rüberkommen, Lou? Wir könnten eine Partie Schach spielen, wenn du willst. Ich soll noch nicht aufstehen, sonst würde ich zu dir kommen.«

»Ich – nein, lieber doch nicht, Bob. Aber trotzdem vielen Dank.«

»Keine Ursache. Wenn du's dir noch anders überlegst, kommst du einfach, egal, wie spät es ist.«

Amy hatte sich das alles ungeduldig und voller Neugier mit

angehört. »Was war denn los, Lou?«

Ich sagte es ihr. Nicht die Wahrheit, natürlich, sondern die angebliche Wahrheit. Sie klatschte begeistert in die Hände.

»Du, das ist doch großartig. Mein Lou hat den Fall gelöst. Kriegst du jetzt eine Belohnung?«

»Warum? War doch ein Riesenspaß, die ganze Sache.«

Sie rückte ein Stück von mir ab, und ich dachte, jetzt wird sie gleich anfangen zu motzen. Und das hätte sie bestimmt auch gern getan, aber dann war ihr was anderes doch lieber. »Entschuldige, Lou, du hast ganz recht, wenn du jetzt böse auf mich bist.«

Sie legte sich auf den Bauch, breitete Arme und Beine aus und wartete. »Sehr, sehr böse«, flüsterte sie.

Und natürlich kriegte sie, was sie wollte. Da läßt ein Lou Ford sich nicht lumpen.

14

Ich muß wohl bei der Anstrengung und ohne Klamotten ganz schön ins Schwitzen gekommen sein. Jedenfalls holte ich mir eine tüchtige Erkältung. Nichts Bedrohliches, aber ich mußte immerhin auf eine Woche ins Bett. Ein richtiger Urlaub war das.

Ich brauchte nicht mit allen möglichen Leuten zu reden, die mir doch nur dumme Fragen gestellt und mir auf den Rücken geklopft hätten. Ich brauchte nicht zu Johnnie Pappas' Beerdigung zu gehen. Ich brauchte keinen Beileidsbesuch bei seinen Eltern zu machen, was sich sonst wohl nicht hätte vermeiden lassen.

Ein paar Kollegen kamen vorbei, um nach mir zu sehen, und zweimal besuchte mich Bob Maples. Er sah immer noch ziemlich elend aus, es war, als wäre er um zehn Jahre gealtert. Wir redeten über dies und das und machten einen großen Bogen um das Thema Johnnie Pappas, es lief alles ganz gut bis auf eine Sache, die mir eine Weile ziemlich zu schaffen machte. Das war bei seinem ersten – nein, bei seinem zweiten Besuch.

»Warum gehst du eigentlich nicht weg von hier, Lou?« fragte er.

»Weg von hier?« Es war wie ein Blitz aus heiterem Himmel. »Wieso sollte ich weg von hier?«

»Die Frage ist wohl eher, weshalb du überhaupt so lange

hiergeblieben bist. Warum hast du nicht versucht, weiterzukommen? Du hättest zum Beispiel Arzt werden können wie dein Vater.«

Ich schüttelte den Kopf und sah auf die Bettdecke herunter. »Ich weiß nicht, Bob. Wahrscheinlich bin ich einfach zu faul.«

»Komische Art von Faulheit, Lou. Du bist nie zu faul, um Sonderaufträge zu übernehmen, du machst mehr Überstunden als alle meine anderen Leute zusammen, und dabei machst du, so wie ich dich kenne, diese Arbeit gar nicht mal gern, hast sie nie gern gemacht.«

Ganz richtig lag er da nicht, aber ich wußte schon, wie er es meinte. Es gab Dinge, die ich sehr viel lieber getan hätte. »Ich weiß nicht, Bob . . . Es gibt ja verschiedene Sorten von Faulheit. Es gibt Typen, die überhaupt keine Lust zum Arbeiten haben, und es gibt welche, die es einfach nicht fertigbringen, die ausgefahrenen Gleise zu verlassen. Du nimmst einen Job an. Nur vorübergehend, denkst du, aber dann bleibst du dabei. Du brauchst noch ein bißchen Geld, ehe du den Absprung wagen kannst. Und außerdem kannst du dich nicht recht entscheiden, wohin der Sprung gehen soll. Und dann gibst du dir vielleicht einen Ruck und schickst ein paar Briefe los, und die Leute wollen von dir wissen, was du für Erfahrungen hast, was du bisher gemacht hast. Meist winken sie dann gleich ab, und wenn einer es doch mit dir versuchen will, mußt du wieder ganz unten anfangen, weil du ja von nichts eine Ahnung hast. Also bleibst du, wo du bist, und du vergräbst dich in deiner Arbeit, die du inzwischen in- und auswendig kennst. Mittlerweile bist du nicht mehr ganz jung, und die Arbeit ist schließlich alles, was du hast.«

Bob nickte nachdenklich. »Ja, ich kenne das. Aber bei dir brauchte das nicht so zu sein, Lou. Dein Vater hätte es sich leisten können, dich auf die Universität zu schicken. Du hättest inzwischen schon deine eigene Praxis haben können.«

»Ja, weißt du . . .« Ich zögerte. »Da war diese Sache mit Mike. Dad wäre ohne mich ganz allein gewesen. Und ich war gar nicht so scharf auf ein Medizinstudium. Da muß man sich nämlich ganz schön abschuften.«

»Es gibt andere Sachen, die du hättest machen können, und

direkt arm bist du ja auch nicht. Allein das Haus ist ein kleines Vermögen wert.«

»Um ganz ehrlich zu sein, Bob – ich hab wirklich schon mal daran gedacht, meine Zelte hier abzubrechen, aber –«

»Aber Amy ist dagegen, was?«

»Ich hab sie noch nicht gefragt, aber ich glaube schon, daß sie sich sträuben würde.«

»Schade. Und du würdest wohl nicht . . . Nein, kein Man, der noch einigermaßen seine fünf Sinne beieinander hat, würde auf die Idee kommen, Amy aufzugeben.«

Ich nickte, es sollte aussehen wie eine Bestätigung. Und das Nicken fiel mir sogar leicht. Amy war wirklich in Ordnung, dagegen konnte man beim besten Willen nichts sagen. Intelligent, aus guter Familie – was bei uns ein wichtiger Gesichtspunkt ist – und sehr, sehr ansehnlich. Wenn sie durch die Straßen ging, kriegten alle Männer unter achtzig Stielaugen. Und deshalb war ich, obgleich ich einen Haß auf sie hatte, irgendwie auch stolz auf sie.

»Das hört sich ganz so an, als ob du mich loswerden willst, Bob«, meinte ich.

Er griente ein bißchen. »Ich hab wohl etwas zu viel nachgedacht, als ich so lange zu Hause eingesperrt war. Da hab ich oft daran denken müssen, wie sauer ich war, wenn ich Sachen machen mußte, die mir gegen den Strich gingen. Dabei hab ich ja nun wirklich keine andere Wahl mehr, ich bin ein alter Mann und kann nicht mehr umsatteln. Du bist in einer ganz anderen Situation, Lou, dir muß so was noch schwerer fallen.«

»Bob, was hat Conway in Fort Worth zu dir gesagt?«

Er stand auf und schlug sich mit dem Hut gegen die Hose. »Das weiß ich schon gar nicht mehr so genau. Jetzt muß ich aber –«

»Er hat irgendwas gesagt oder getan, was dir ganz gewaltig gestunken hat.«

Er runzelte die Stirn. »Meinst du?« Er setzte sich mit Schwung den Hut auf. »Vergiß es, Lou, es war nicht wichtig, und jetzt spielt es auch keine Rolle mehr.«

Und dann ging er, und eine Weile verfolgte mich die Sache, aber dann gab ich mir einen Ruck und sagte mir, daß ich mir um nichts und wieder nichts den Kopf dick machte. Es lief doch alles sehr schön.

Ich selbst hatte nichts dagegen, aus Central City wegzugehen, und wenn ich bis jetzt geblieben war, so nur Amy zuliebe. Aber falls ihr – nur mal angenommen – etwas passieren sollte, falls es eines schlimmen Tages keine Amy mehr gab, würde mich natürlich nichts mehr hier halten. Dem guten Lou mit dem weichen Herzen konnte keiner zumuten, den Rest seiner Tage in einer Stadt zu verbringen, die für ihn nur traurige Erinnerungen hatte. Alle würden Verständnis dafür haben.

Amy besuchte mich täglich, frühmorgens, ehe sie zur Schule ging, und abends. Sie brachte mir immer etwas mit, Kuchen oder selbstgebackene Plätzchen, die nicht mal ihr Köter gefressen hätte (und der war wirklich nicht verwöhnt) und meckerte kaum an mir rum. Sie war richtig zahm und wurde dauernd rot wie ein schüchternes kleines Mädchen. Und sie mußte sich immer ziemlich vorsichtig hinsetzen.

Zwei- oder dreimal ließ sie sich abends ein Bad ein und saß lange darin, und ich saß dabei und mußte daran denken, wie sehr sie *ihr* ähnlich sah. Und wenn sie danach in meinen Armen lag – das ist buchstäblich zu nehmen, für weitergehende Aktivitäten waren wir beide noch zu abgeschlafft – konnte ich mir fast einreden, *sie* läge neben mir.

Aber es war nicht *sie*, und es hätte auch nichts geändert. Ich hätte doch noch einmal von vorn anfangen, ich hätte sie zum zweiten Mal umbringen müssen.

Heilfroh war ich, daß Amy nicht von der Hochzeit anfing. Sie wollte es wohl nicht auf einen Krach ankommen lassen. Mit drei Todesfällen brachte man mich schon in Verbindung, ein vierter so kurz danach hätte doch vielleicht ein bißchen komisch ausgesehen. Es war noch zu früh. Außerdem hatte ich noch nicht den richtigen Dreh gefunden, sie umzubringen, ohne mich zu gefährden.

Weshalb ich sie überhaupt umbringen mußte? Sehr einfach. Niemand konnte mir was beweisen. Und auch wenn es Beweise gegeben hätte – Lou Ford traute so eine Tat niemand in Central City so ohne weiteres zu. Nur einer konnte den guten alten Lou zu Fall bringen – das war er selber.

Indem er eine Frau sitzenließ, die ihn so gut kannte wie kein anderer Mensch. So wie wir jetzt zueinander standen, würde sie nie auf das zurückgreifen, was sie – mehr oder weniger unbewußt – über mich gespeichert hatte. Und wenn wir erst verheiratet waren, war ja sowieso alles in Ordnung. Aber ich kannte meine Amy. Wenn ich sie im Stich ließ, war die Speichersperre aufgehoben, sie würde sehr schnell erkennen, was mit mir los war, und das würde sie nicht für sich behalten. Nach dem Motto: Wenn ich ihn nicht haben kann, soll ihn auch sonst niemand kriegen.

Ich sagte wohl schon, daß sie und Joyce sich ziemlich ähnlich waren.

Also mußte ich es machen, sobald es sich gefahrlos bewerkstelligen ließ, daran führte kein Weg vorbei. Sobald das für mich feststand, wurde mir besser. Ich versuchte, besonders nett zu ihr zu sein, obgleich sie mir mit ihrer ewigen Fürsorge allmählich heftig auf den Geist ging. Aber lange würde es ja nicht mehr dauern, und wenn ein Ende abzusehen ist, fällt es einem bekanntlich leichter, sich am Riemen zu reißen.

Eine Woche, nachdem ich mich ins Bett gelegt hatte, am darauffolgenden Mittwoch, war ich wieder auf den Beinen und begleitete Amy zur Bibelstunde. Als Lehrerin mußte sie sich ab und zu bei solchen Sachen sehen lassen, und mir machte so was immer Spaß. Die Bibel ist ein äußerst ergiebiger und dazu noch deftiger Zitatenschatz, und ich erfreute Amy flüsternd mit ein paar einschlägigen Stellen. Sie wurde rot, gab mir einen Rippenstoß, dann legte sie sich das Gesangbuch vors Gesicht und schluckte und würgte. Der Pfarrer machte einen langen Hals und ein böses Gesicht, während er festzustellen versuchte, von wo diese unfrommen Geräusche kamen. Es war eine der besten Bibelstunden, die ich je erlebt habe.

Unterwegs hielt ich an und holte uns eine große Portion Eis, und sie wollte sich den ganzen Heimweg über schier ausschütten vor Lachen. Während ich den Kaffee machte, tat sie Eis auf, und ich nahm einen Löffel voll und jagte sie in der Küche herum. Schließlich schob ich ihr das Eis in den Mund statt in den Hals, wie ich ihr angedroht hatte. Ein Rest blieb auf ihrer Nase sitzen, und ich küßte ihn weg.

Plötzlich legte sie mir die Arme um den Hals und begann zu weinen.

»Nicht doch, Schatz, es war ja nur Spaß, ich hab's doch nicht bös gemeint.«

»Du alter –«

»Ich weiß, ich weiß. Komm, sei wieder gut. Wir wollen uns doch nicht streiten.«

Sie faßte mich fester und lächelte unter Tränen. »Verstehst du denn nicht, Lou? Ich bin so glücklich. So glücklich, daß ich es kaum ertragen kann.«

Wir ließen Eis und Kaffee stehen, ich nahm sie auf den Arm, trug sie in Dads Sprechzimmer und setzte mich mit ihr in Dads alten Lehnsessel. Dort saßen wir im Dunkeln, bis sie heimgehen mußte.

Es war ein schöner Abend, auf den nur ein kleiner Schatten fiel. Sie wollte wissen, ob ich schon mit Chester Conway gesprochen hätte, was ich verneinte.

»Komisch, daß er nicht mal vorbeigekommen ist«, meinte sie. »Wo du so viel für ihn getan hast. Ich an deiner Stelle würde ihm das aber mal sagen.«

»Ich hab doch gar nichts für ihn getan. Komm, reden wir nicht mehr davon.«

»Aber damals war er dir richtig dankbar, er hat dich extra aus Fort Worth angerufen. Und jetzt ist er seit fast einer Woche wieder hier und findet nicht mal die Zeit, sich bei dir zu melden. Mir ist es ja egal, Lou, aber –«

»Dann sind wir uns ja einig. Mir nämlich auch.«

»Du bist zu lasch, Lou, das ist dein großer Fehler, du läßt dich zu leicht herumkommandieren. Du solltest –«

»Ich weiß, Amy, ich weiß. Ich sollte auf dich hören, dann wäre alles in Ordnung. Ich hör ja auch auf dich – du bist im übrigen gar nicht zu überhören – aber ändern tu ich mich deswegen noch lange nicht.«

Sie saß jetzt sehr gerade und sehr still. Während sie schwieg, hätte man bequem bis zehn zählen können. Fast ein Rekord.

»Trotzdem. Ich finde –«

»Ja?«

»Ach, was soll's. Ich bin ja schon still.« Und sie lachte. Ein schöner Abend, wirklich. Nur die Sache mit Conway war eigenartig, da hatte Amy schon recht.

15

Wie lange sollte ich warten? Wie lange konnte ich mir das Warten noch leisten?

Amy drängte mich nicht. Sie spielte nach wie vor die schüchterne Braut und versuchte ihre spitze Zunge im Zaum zu halten, was ihr nicht immer gelang. Amy hätte ich wahrscheinlich noch bis in alle Ewigkeit hinhalten können, aber es ging nicht nur um Amy. Ich hatte das Gefühl, daß die Lage kritisch wurde, und mit jedem Tag wurde dieses Gefühl stärker.

Conway hatte mich weder besucht noch sonst irgendwie Kontakt zu mir aufgenommen, aber das war an sich noch nichts Außergewöhnliches. Er war ein vielbeschäftigter Mann, der sich immer nur für seine eigene Person interessiert hatte. Allenfalls noch für Elmer, seinen Sohn. So einer läßt dich fallen wie eine heiße Kartoffel, wenn er bekommen hat, was er will, und spricht dich sofort wieder an, ohne sich zu genieren, wenn er glaubt, daß du ihm einen neuen Gefallen tun kannst.

Er war inzwischen wieder nach Fort Worth gefahren, aber auch das war Routine. Conway Construction hatte dort ein bedeutendes Zweigwerk.

Bob Maples war eigentlich nicht viel anders als sonst. Er sah ziemlich alt und krank aus, aber er war ja wirklich ein alter Mann und kürzlich krank gewesen. Er redete nicht viel mit mir, aber wenn er mit mir sprach, war er immer besonders nett und höflich. Und besonders gesprächig war er ja nie gewesen.

Blieb Howard Hendricks. An jenem Mittwoch, als ich wieder auf den Beinen war, liefen wir uns auf der Treppe zum Gericht direkt in die Arme. Er nickte mir zu, sah schräg an mir vorbei und quetschte ein undeutliches »Wie geht's?« durch die Zähne. Ich blieb stehen. Es ging mir viel besser, sagte ich. Noch ein bißchen schlapp, aber das war ja nicht weiter erstaunlich.

»Sie wissen ja, wie das ist, Howard«, meinte ich. »Bei einer

Grippe sind es hauptsächlich die Nachwirkungen, die einen schlauchen.«

»Ja, davon habe ich auch schon gehört.«

»Das ist wie mit Autos. Nicht die Anschaffung ist so teuer, sondern der Unterhalt. Aber ich glaube –«

»Ich muß mich beeilen«, murmelte er. »Bis bald, Lou.«

Aber so leicht sollte er nicht davonkommen. Ich hatte ja nichts zu befürchten, konnte ihn also ruhig ein bißchen auf die Schippe nehmen.

»Aber mit Krankheiten kennen Sie sich ja aus«, fuhr ich fort. »Ich sage nur: Schrapnell. Mir ist da eine Idee gekommen, wie Sie dieses Schrapnell ausschlachten könnten, Howard. Lassen Sie eine Röntgenaufnahme machen und drucken Sie die auf die Rückseite Ihrer Wahlscheine. Auf der anderen Seite dann Ihren Namen in Form einer Fieberkurve und vielleicht ein umgekehrtes Urinbekken – so eine Ente – als Ausrufezeichen. Wo steckt eigentlich dieses Schrapnell, Howard? Ich kann und kann es mir nicht merken.«

»Im Arsch.« Jetzt sah er mich voll an. »In meinem Arsch.«

Ich hatte ihn an den Jackenaufschlägen festgehalten, damit er mir nicht entwischen konnte. Jetzt packte er meine Handgelenke, noch immer ohne den Blick von mir zu lassen, und streifte meine Hände ab. Dann wandte er sich um und ging die Treppe hinauf. Die Schultern ließ er ein bißchen hängen, aber sein Schritt war fest und sicher. Seither hatten wir kein Wort mehr miteinander gewechselt.

Da war also irgendwas faul, aber auch das brauchte nichts Besorgniserregendes zu sein. Ich hatte ihn tüchtig verarscht, und wahrscheinlich war ihm inzwischen aufgegangen, daß ich ihn schon früher oft auf den Arm genommen hatte. Und nicht nur deshalb war er so kalt und abweisend. Im Herbst standen Wahlen an, und er hatte sich wie immer aufstellen lassen. Wenn er bis dahin den Fall Conway geknackt hatte, war das natürlich ein großes Plus für ihn, aber etwas peinlich war ihm die Sache doch, weil er mich dann draußen im Regen stehenlassen mußte, um den Ruhm allein einzustreichen. Deshalb hatte er kurz entschlossen den Spieß umgedreht.

Es war eigentlich alles wie sonst, alle benahmen sich ganz normal, ob sie nun Sheriff Bob oder Chester Conway oder Howard Hendricks hießen. Trotzdem wurde das Gefühl immer stärker.

Dem Griechen war ich bisher aus dem Weg gegangen, ich hatte sogar einen Bogen um die Straße gemacht, in der sein Lokal war. Aber dann stand ich eines Tages doch davor. Es war, als ob mein Wagen von selbst dort um die Ecke gebogen war.

Die Scheiben waren weiß übermalt, die Türen geschlossen, aber es kam mir so vor, als ob jemand da war, ich hörte Klappern und Türenschlagen.

Ich stieg aus, blieb ein, zwei Minuten neben dem Wagen stehen, dann ging ich über die Straße. Unvermittelt ging die Tür auf, und der Grieche erschien.

»Tut mir leid, Officer Ford, ich kann Sie nicht bedienen. Das Lokal ist geschlossen.«

»Ich wollte gar nichts«, stotterte ich. »Ich bin nur mal vorbeigekommen, weil –«

»Ja?«

»Ich wollte mit Ihnen reden«, erklärte ich. »Schon an dem Abend, als es passiert ist. Aber ich habe es nicht fertiggebracht, bis heute nicht. Ich wußte, wie Ihnen zumute ist, und – was hätte ich sagen können? Oder tun können? Denn wenn ich etwas hätte tun können, wäre es ja gar nicht erst passiert.«

Das war die Wahrheit. Eigentlich eine schöne Sache, die Wahrheit. Er sah mich mit einem seltsamen Blick an, und dann machte er ein ziemlich bedeppertes Gesicht, biß sich auf die Lippe und starrte das Straßenpflaster an. Nach einer Weile sah er auf.

»Es freut mich, daß Sie doch noch gekommen sind, Lou. Ich hatte oft das Gefühl, daß er in Ihnen seinen einzigen wahren Freund gesehen hat.«

»Ich habe mich ehrlich bemüht, ihm ein Freund zu sein, offenbar ohne großen Erfolg. Als er mich am meisten brauchte, habe ich ihm nicht helfen können. Aber eins sollen Sie wissen, Max: Ich habe ihm nicht wehgetan.«

Er legte mir eine Hand auf den Arm. »Das brauchen Sie mir nicht erst zu sagen, Lou. Ich weiß nicht, warum . . . und was . . . aber . . .«

»Er fühlte sich wie verloren«, sagte ich. »Wie von aller Welt verlassen.«

»Ja, es hat immer Ärger mit ihm gegeben, und es scheint, als ob er immer alles falsch gemacht hat.«

Ich nickte, und er nickte, er schüttelte den Kopf, und ich schüttelte den Kopf, und ich wäre sehr gern gegangen, aber ich wußte nicht recht, wie ich es anstellen sollte. Schließlich sagte ich, es täte mir leid, daß er das Lokal schließen wollte. »Wenn ich Ihnen irgendwie behilflich sein kann . . .«

»Ich schließe das Lokal nicht. Wie kommen Sie denn darauf?«

»Ich dachte nur, weil –«

»Ich baue um. Es kommen ledergepolsterte Bänke rein und Parkettboden und eine Klimaanlage. Johnnie hätte Spaß daran gehabt. Er hat es immer wieder vorgeschlagen, aber ich habe ihm gesagt, daß ein Grünschnabel wie er keine Ahnung von so was hat. Aber jetzt soll es so werden, wie er es sich vorgestellt hat. Mehr kann ich nicht tun.«

Ich schüttelte wieder den Kopf, und dann nickte ich.

»Ich möchte Sie etwas fragen, Lou, und hätte gern eine wahrheitsgemäße Antwort.«

»Natürlich, Max, warum sollte ich lügen?«

»Weil Sie vielleicht das Gefühl haben, die Wahrheit Ihrer Stellung und Ihren Mitarbeitern gegenüber nicht verantworten zu können. Wer war nach Ihnen noch in Johnnies Zelle?«

»Howard Hendricks, der Country Attorney.«

»Ich weiß. Er hat Johnnie entdeckt. Ein Deputy Sheriff und der Schließer waren dabei. Aber wer noch?«

Mein Herz hämmerte. Vielleicht . . . Aber nein, das war nicht gut, das durfte ich nicht bringen.

»Ich weiß es nicht, Max, ich war ja nicht dabei. Aber ich kann Ihnen gleich sagen, daß Sie da auf dem Holzweg sind. Diese Jungs kenne ich alle seit Jahren. Sie würden so was ebensowenig tun wie ich selbst.«

Auch das war die Wahrheit, und das muß er wohl gemerkt haben. Ich sah ihm gerade ins Gesicht.

»Tja, dann . . .« Er seufzte. »Wir sprechen uns wieder, Lou.«

»Aber sicher, Max.« Ich machte, daß ich wegkam.

Ich fuhr fünf, sechs Meilen die Derrick Road hinauf, stellte den Wagen an den Straßenrand und starrte auf die Schwarzeichen, ohne sie wahrzunehmen.

Ich stand knappe fünf Minuten da, als ein Wagen hinter mir hielt, dem Joe Rothman entstieg.

»Hübsche Aussicht. Was dagegen, wenn ich dir ein bißchen Gesellschaft leiste?« Er machte die Tür auf, ohne meine Antwort abzuwarten, und schob sich auf den Beifahrersitz.

»Kommst du oft hierher, Lou?«

»Wenn ich gerade Lust habe.«

»Wirklich eine hübsche Aussicht. Geradezu einzigartig. Schätze, daß es in ganz Amerika nicht mehr als vierzig- oder fünfzigtausend Schilder dieser Art gibt.«

Ich mußte unwillkürlich grinsen. Das Schild hatte die Handelskammer aufgestellt, und der Text lautete:

Sie kommen jetzt nach
CENTRAL CITY, Tex.
»Wo der feste Händedruck zu Hause ist.«
Bev. (1932) 4800 – Bev. (1952) 48 000
Man kann uns beim Wachsen zusehen!

»Tolles Schild, wirklich«, bestätigte ich.

»Das hast du dir doch angesehen, oder? Sonst gibt's ja hier kaum was zu sehen, außer den Schwarzeichen und einem kleinen weißen Haus. Das Mordhaus nennen die Leute es inzwischen.«

»Was willst du?«

»Wie oft warst du dort, Lou? Wie oft hast du es mit ihr getrieben?«

»Ich war ein paarmal da. Dienstlich. Und ich bin nicht darauf angewiesen, es mit Nutten zu treiben.«

»Nein?« Er betrachtete mich nachdenklich. »Nein, das kann schon sein. Ich persönlich habe mich immer an den Grundsatz gehalten, daß man selbst in Tagen des Überflusses die Zukunft nicht aus den Augen verlieren sollte. Du weißt ja nie, wie's mal kommt, Lou. Eines Morgens wachst du auf und stellst fest, daß sie es per Gesetz verboten haben. Als unamerikanische Betätigung.«

»Vielleicht machen sie noch einen Zusatz zu dem Gesetz.«

»Der das Sülzen und Sprücheklopfen verbietet? Man merkt, daß du juristisch nicht vorgebildet bist, Lou. Das wäre nämlich gar nicht drin. Ohne Sex geht es, wie unsere Strafanstalten hinlänglich beweisen, aber was täten wir ohne Sülzen und Sprücheklopfen?«

»Dann brauchte ich dir zum Beispiel jetzt nicht zuzuhören.«

»Aber du wirst zuhören, Lou. Und du wirst mir auch antworten, falls es notwendig ist. Klar, Lou?«

»Klar, Joe. Klar wie Kloßbrühe.«

»Dann ist ja alles in Butter.« Er schüttete Tabak in sein Zigarettenpapier, rollte es zusammen und fuhr mit dem Rand an seiner Zunge entlang. Dann schob er die Zigarette in den Mundwinkel, wo er sie zunächst mal vergaß.

»Du hast mit Pappas gesprochen«, sagte er. »Es schien ja ein ganz freundschaftliches Gespräch zu sein.«

»War es auch.«

»Er hatte sich mit Johnnies Selbstmord abgefunden?«

»Abgefunden wäre übertrieben. Er wollte wissen, ob nach mir noch jemand in der Zelle war, und –«

»Und, Lou?«

»Ich hab ihm gesagt, daß er sich das aus dem Kopf schlagen soll, so was würde keiner der Jungs fertigbringen.«

»Dann ist ja alles klar«, sagte Rothman. »Oder?«

»Was willst du eigentlich von mir?« fuhr ich auf.

»Hast du gehört, daß er sein Lokal umbaut? Weißt du, wieviel so was kostet? Ungefähr zwölftausend Dollar. Woher, glaubst du, hat er das Geld?«

»Vielleicht gespart. Oder gepumpt.«

»Ohne Sicherheiten?«

»Dann muß ich passen.«

»Vielleicht hat jemand ihm das Geld geschenkt, Lou. Ein wohlhabender Gönner. Jemand, der das Gefühl hatte, ihm was schuldig zu sein.«

Ich zuckte die Schultern und schob meinen Hut zurück. Meine Stirn war feucht, aber innerlich war mir kalt. Eiskalt.

»Conway Construction macht den Umbau, Lou. Findest du es nicht erstaunlich, daß Conway für einen Mann arbeitet, dessen Sohn seinen Sohn umgebracht hat?«

»Wenn's um einen Auftrag geht, kennt Conway doch nichts, Joe. Außerdem macht den Umbau ja seine Firma, er schwingt nicht selber die Kelle. Vielleicht weiß er überhaupt nichts davon.«

»Es ist ein Pauschaljob«, sagte Rothman. »Conway stellt das Material, verhandelt mit den Lieferanten, zahlt die Arbeiter. Von Pappas ist bisher noch kein Cent gekommen.«

»Na und? Conway macht so was doch laufend. Damit vervielfacht er seinen Profit.«

»Und du glaubst, da macht Pappas mit? Er, der auch noch um den letzten Nagel feilscht? Nein, Lou, das ist nichts für ihn.«

»Ganz meine Meinung. Aber bei einem Pauschaljob ist er in einer ungünstigen Verhandlungsposition. Entweder macht er, was Conway Construction ihm vorschlägt, oder er kann sehen, wo er bleibt.«

»Genau.« Joe Rothman schob mit der Zunge die Zigarette von einem Mundwinkel in den anderen und betrachtete mich aus verengten Augen. »Aber das Geld, Lou . . . Woher hat er das Geld für den Umbau?«

»Er hat immer sparsam gelebt, vielleicht hatte er nicht die ganze Summe, aber zumindest so viel, daß er den Rest abstottern kann. Es brauchte ja nicht auf der Bank zu sein, vielleicht hatte er's zu Hause im Sparstrumpf.«

»Kann sein«, meinte Rothman nachdenklich. Er wandte sich halb um und sah durch die Windschutzscheibe. Dann schnippte er die Zigarette weg und rollte sich eine neue.

»Warst du schon auf dem Friedhof, Lou? An Johnnies Grab?«

»Nein, aber das muß ich noch machen, unbedingt.«

»Das meinst du ehrlich, nicht?«

»Natürlich meine ich das ehrlich. Was hast du denn je für den Jungen getan? Ich will mich nicht loben, aber ich war der einzige in Central City, der je versucht hat, ihm zu helfen. Ich hab ihn gern gehabt, ich hatte Verständnis für ihn, ich –«

»Ich weiß, Lou. Ich wollte nur sagen, daß Johnnie in geweihter Erde begraben liegt. Du weißt, was das bedeutet?«

»Natürlich. In den Augen der Kirche war es kein Selbstmord.«

»Und das heißt?«

»Er war noch so jung. Und er hat es immer schwer im Leben

gehabt. Vielleicht wollte die Kirche ihm eine Chance geben. Vielleicht haben sie es als eine Art Unfall hingestellt.«

»Vielleicht«, meinte Rothman. »Ach, noch was, Lou. Das Wichtigste eigentlich. An dem Sonntagabend, als Elmer und die Dame aus dem Haus dort drüben das Zeitliche gesegnet haben, ist einer meiner Leute zur Spätvorstellung ins *Palace* gegangen. Seinen Wagen hatte er um halb zehn hinter dem Kino geparkt. Als er rauskam, waren seine vier Reifen weg.«

16

Ich wartete, und es wurde ziemlich still. »So ein Pech«, sagte ich schließlich. »Alle vier Reifen? Komisch, davon habe ich ja gar nichts gehört.«

»Konntest du auch nicht, Lou. Er hat den Diebstahl nämlich nicht gemeldet. Ihr vom Revier haltet ja nicht viel von uns Gewerkschaftlern.«

»Dafür kann ich nichts.«

»Ich sage das ja auch nur so, Lou, es gehört eigentlich nicht zur Sache. Der Mann hat den Diebstahl also nicht gemeldet, aber er hat am Dienstag, bei der Gewerkschaftssitzung, mit ein paar Kollegen darüber gesprochen. Und da hat sich herausgestellt, daß einer von ihnen Johnnie Pappas zwei der Reifen abgekauft hat. Es – bist du erkältet, Lou? Du zitterst ja.«

Ich biß auf meiner Zigarre herum und sagte nichts.

»Die Jungs griffen sich ein paar handliche Knüppel und marschierten zu Johnnie. Er war nicht zu Hause, und er war auch nicht in Slim Murphys Tankstelle. Er baumelte zu der Zeit nämlich schon am Fenstergitter seiner Zelle. Aber sein Wagen stand vor der Tankstelle, und die anderen beiden gestohlenen Reifen waren darauf. Meine Leute haben die Reifen abgenommen – Murphy sagt der Polizei natürlich auch nicht alles, was er weiß –, und damit war die Angelegenheit erledigt. Aber es wird darüber geredet, Lou.«

Ich räusperte mich. »Ich kapiere noch nicht so recht, was du eigentlich damit sagen willst, Joe.«

»Die Reifen sind in der Nacht, in der Elmer und seine Freundin ermordet wurden, gestohlen worden, und zwar nach halb zehn. Wenn man davon ausgeht, daß Johnnie nicht gleich an die Arbeit gegangen ist, nachdem der Besitzer seinen Wagen abgestellt hatte, drängt sich der Schluß auf, daß er bis kurz nach zehn einer relativ harmlosen Beschäftigung nachging. Mit anderen Worten: Er kann mit dem Grauenhaften, das sich hinter den Schwarzeichen abgespielt hat, nichts zu tun gehabt haben.«

»Das begreife ich nicht.«

»Nein?« Joe Rothman machte große Augen. »Zugegeben, Descartes, Aristoteles, Diogenes und Euklid sind längst tot und begraben, aber es gibt immer noch ein paar Leute, die ihre Theorien verteidigen. Ich fürchte, Lou, sie würden sich deiner Meinung, daß ein Körper gleichzeitig an zwei verschiedenen Orten sein kann, nicht anschließen.«

»Johnnie hat sich mit einer ziemlich üblen Clique herumgetrieben«, sagte ich. »Ich stelle mir vor, daß einer seiner Kumpel die Reifen geklaut und sie ihm zum Verscherbeln gegeben hat. Er hatte dort in der Tankstelle die besten Absatzmöglichkeiten. Slim Murphy hätte sich nicht eingemischt. Ja, Joe, so muß es gewesen sein. Hätte er für die Tatzeit ein Alibi gehabt, hätte er es mir doch gesagt, er hätte sich nicht aufgehängt.«

»Er hat dich gern gehabt, Lou.«

»Ja, er wußte, daß ich sein Freund war.«

Rothman schluckte und stieß einen komischen Laut aus wie einer, der nicht weiß, ob er lachen oder weinen oder wütend werden soll.

»Ich will dir mal was sagen, Lou. Du mußt weg von hier. Deine Position ist nämlich verdammt kippelig. Es genügt schon ein kleiner Stoß, und du liegst auf der Nase.«

»Das habe ich auch vor, Joe. Ich hab mir nichts zuschulden kommen lassen, aber –«

»Natürlich nicht. Sonst würde ich, ein wackerer rotfaschistischer Republikaner, mich nicht anbieten, dich den Klauen deiner Verfolger zu entreißen.«

»Du glaubst, ich könnte –«

Er zuckte die Schultern. »Ich glaube, Lou, du könntest gewisse Schwierigkeiten haben, von hier wegzugehen. Ich habe mich deshalb mit einem der besten Strafverteidiger Amerikas in Verbindung gesetzt, der zufällig auch ein Freund von mir ist, Billy Boy Walker. Du hast sicher schon von ihm gehört. Ich hab Billy Boy mal einen Gefallen getan, und er mag sonst sein, wie er will – so was vergißt er nicht.«

Natürlich hatte ich schon von Billy Boy Walker gehört. Er war Gouverneur in Alabama oder Georgia oder einem der anderen Südstaaten, er war Senator und Präsidentschaftskandidat gewesen. Bei der Präsidentschaftskandidatur hatte es ziemlichen Stunk gegeben, und er war heftig unter Beschuß geraten. Damals hatte er sich aus der aktiven Politik zurückgezogen und sich wieder seiner Anwaltspraxis zugewandt. Er war ein guter Mann, und die großen Tiere machten zwar ihre Witze über seine Gastrolle in der Politik, aber sobald sie oder ihre Angehörigen in der Klemme saßen, mußte Billy Boy Walker sie herausholen, das war gar keine Frage.

Daß Rothman der Meinung war, ich könnte seine Hilfe nötig haben, war mir ziemlich unangenehm. Und ich überlegte mir wieder mal, warum wohl Rothman und seine Gewerkschaften sich die Mühe machten, mir einen Anwalt zu stellen. Was hatte Rothman zu verlieren, wenn die Polizei mich in die Mangel nahm? Dann hatte ich endlich kapiert. Wenn meine erste Unterhaltung mit Rothman je ans Licht kam, würde jede Jury denken, daß er mich auf Elmer Conway gehetzt hatte. Rothman rettete also gewissermaßen zwei Hälse mit einem Verteidiger.

»Vielleicht brauchst du ihn gar nicht«, fuhr er fort. »Aber es ist besser, wenn er schon Bescheid weiß. Ein Mann wie er kann sich nicht immer von einem Tag zum anderen freimachen. Wann kannst du spätestens hier weg?«

Ich zögerte. »Nicht gleich. Es muß sich erst herumsprechen, daß ich schon länger vorhabe wegzugehen, und dann muß ich den Rückzug langsam vorbereiten. Es würde doch ein bißchen komisch aussehen, wenn . . .«

Er runzelte die Stirn. »Das stimmt schon. Aber wenn sie wissen, daß du weg willst, handeln sie nur um so schneller.«

»Was können sie mir schon anhaben? Wenn hieb- und stichfeste Beweise da wären, hätten sie schon zugeschlagen. Nicht, daß ich mir was habe zuschulden kommen lassen . . .«

»Laß gut sein, die Platte kenne ich schon. Aber sieh zu, daß du die Sache so schnell wie möglich über die Bühne bringst. Länger als zwei Wochen brauchst du doch sicher nicht.«

Noch zwei Wochen. Für Amy . . .

»In Ordnung, Joe, das müßte gehen. Und schönen Dank auch.«

»Wofür?« Er machte die Wagentür auf. »Für dich hab ich nichts getan.«

Ich wartete, bis er gewendet und wieder in Richtung Central City gefahren war, dann fuhr auch ich zurück. Ich fuhr langsam, weil ich über Amy nachdachte.

Vor Jahren hatte es hier in Central City einen Juwelier mit einem gutgehenden Geschäft und einer hübschen Frau und zwei netten Kindern gegeben. Auf einer Geschäftsreise lernte er ein Mädchen kennen, ein Klasseweib, und bald schlief er mit ihr. Sie wußte, daß er verheiratet war, schien sich aber daran nicht weiter zu stören. Alles ging also nach Wunsch. Er hatte diese tolle Freundin und seine Familie und das florierende Geschäft. Aber eines Morgens fanden sie ihn und das Mädchen tot in einem Motel auf. Er hatte sie erschossen und dann sich selbst. Und als einer unserer Deputies zu seiner Frau geht, um ihr die Nachricht zu überbringen, ist auch sie tot, samt den Kindern. Erschossen. Von ihrem Mann. Er hatte alles gehabt und war trotzdem nicht glücklich gewesen.

Hört sich wohl etwas wirr an, und vielleicht hat die Geschichte gar nicht so viel mit mir zu tun, wie ich zuerst gedacht habe, aber . . . Also ehrlich – ich weiß es nicht.

Hingegen wußte ich genau, daß ich Amy würde umbringen müssen, und auch, warum ich es tun mußte. Aber jedesmal mußte ich mir erneut darüber klar werden. Ich hatte im Haus herumgearbeitet, hatte gelesen, oder ich war bei ihr gewesen – und plötzlich fiel mir ein, daß ich sie würde umbringen müssen, und der Gedanke kam mir so absurd vor, daß ich am liebsten laut herausgelacht hätte. Wenn ich dann ruhig überlegte, sah ich ein, daß es sein mußte, daß kein Weg daran vorbeiführte.

Es war, als wenn du im Wachen schläfst und beim Schlafen wach bist, ich mußte mich immer wieder kneifen, um zu begreifen, daß es kein Traum war. Und das Erwachen war wie eine Rückkehr in den Alptraum, mit dem ich leben mußte, und alles war wieder glasklar und logisch.

Aber ich wußte immer noch nicht, wie ich es machen sollte, um mich nicht zu gefährden. Und das war diesmal sehr wichtig.

Aber dann fiel mir was ein. Weil mir einfach was einfallen mußte. Ich konnte die Sache nicht noch länger hinziehen. Es war drei Tage nach meinem Gespräch mit Rothman, an einem Samstag, der in Central City Zahltag ist. Ich hätte eigentlich Dienst gehabt, hatte mich aber irgendwie nicht dazu aufraffen können. Ich war den ganzen Tag bei heruntergelassenen Rouleaus im Haus von einem Zimmer ins andere gegangen. Als es dunkel wurde, saß ich in Dads Sprechzimmer, in dem nur die kleine Schreibtischlampe brannte. Plötzlich hörte ich leise Schritte auf der Veranda, hörte, wie die Haustür sich öffnete.

Für Amy war es zu früh, aber ich regte mich nicht weiter auf, so was passierte mir nicht zum erstenmal.

Ich trat in die Sprechzimmertür. »Hier ist keine Arztpraxis mehr«, sagte ich. »Das Schild hat nur noch Erinnerungswert.«

»Macht nichts.« Er kam geradewegs auf mich zu, und ich mußte ein paar Schritte zurücktreten. »Es ist nur eine kleine Verbrennung.«

»Aber ich bin nicht –«

»Von einer Zigarre.« Er streckte mir die Handfläche entgegen.

Und da erkannte ich ihn.

Er setzte sich in Dads Lehnstuhl und grinste mich an. Er wischte mit der Hand über die Sessellehne und warf die Kaffeetasse herunter, die ich dort abgestellt hatte.

»Wir müssen miteinander reden, Kumpel, und ich habe Durst. Haben Sie einen Schluck Whisky im Haus? Eine ungeöffnete Flasche, wenn ich bitten darf.«

»Ich habe ein Telefon im Haus, und das Gefängnis ist ganz in der Nähe. Und jetzt ziehen Sie Leine, sonst landen Sie dort, ehe Sie bis zehn zählen können.«

»Telefonieren Sie ruhig«, sagte er gelassen. »Tun Sie sich keinen Zwang an.«

Ich griff zum Hörer. Er würde es nicht darauf ankommen lassen, sagte ich mir, und wenn er es tat, dann würde man mir mehr glauben als einem hergelaufenen Penner. Niemand konnte mir was beweisen, und ich war immer noch Lou Ford.

»Los doch, telefonieren Sie. Aber es wird ein teures Gespräch werden, es kostet Sie mehr als eine verbrannte Hand, das verspreche ich Ihnen.«

Ich hob den Hörer nicht ab. »Na los, spucken Sie's aus.«

»Ich hab mich für Sie interessiert, Kumpel. Ich war ein Jahr in Houston in Staatspension, da hab ich ein, zwei Typen wie Sie kennengelernt und hab mir gedacht, daß es sich vielleicht lohnen würde, ein bißchen die Augen offenzuhalten. Ich bin Ihnen damals nachgegangen und hab gehört, was Sie mit dem Gewerkschaftsfritzen geredet haben.«

»Muß ja mächtig aufschlußreich für Sie gewesen sein«, sagte ich höhnisch.

»Überhaupt nicht. Und auch zwei Nächte später, als Sie zu dem alten Farmhaus kamen, in dem ich kampierte, und dann querfeldein zu dem kleinen weißen Haus rübergegangen sind, hab ich mir keinen Reim drauf machen können. Damals. Haben Sie nun einen Schluck im Haus oder nicht?«

Ich holte eine Flasche aus dem Arzneischrank im Labor und ein Glas, und er machte die Flasche auf und goß das Glas halbvoll.

»Trinken Sie einen. Auf Kosten des Hauses.« Er gab mir das Glas. Ich trank – ich konnte es gebrauchen – und gab ihm das Glas zurück. Er ließ es zu Boden fallen, wie vorhin meine Kaffeetasse, dann nahm er einen tiefen Zug aus der Flasche und schmatzte mit den Lippen.

»Nein, damals waren all diese Dinge überhaupt nicht aufschlußreich für mich, und ich hatte auch keine Zeit, der Geschichte nachzugehen. Ich bin am Montagmorgen ganz früh weg und hab mir einen Job an der Pipeline gesucht. Sie haben mich nach Pecos geschickt, das liegt so weit draußen, daß ich es am ersten Zahltag nicht bis in die Stadt geschafft habe. Aber jetzt sind wir da fertig, und ich bin nach Central City und hab mir das Neueste vom Tage erzählen lassen. Und da hat es bei mir ziemlich laut Klick gemacht.«

Ich nickte. Im Grunde war ich froh. Jetzt war nichts mehr zu ändern. Ich wußte, daß ich es tun mußte, und ich kannte jetzt auch den Dreh.

Er nahm noch einen Schluck Whisky und angelte eine Zigarette aus der Hemdtasche. »Ich bin ein verständnisvoller Mann und halte nichts von den Bullen. Die haben mir noch nie geholfen, also helf ich ihnen auch nicht. Wenn's nicht sein muß. Was ist Ihnen ihr Leben wert?«

Ich schüttelte den Kopf, mahnte mich zur Besonnenheit. Ich durfte mich nicht so schnell geschlagen geben. »Ich habe nicht viel Geld, nur mein Gehalt.«

»Sie haben das Haus. Muß einen schönen Batzen wert sein.«

»Ja, aber das ist wirklich alles, was ich habe. Und es wäre nicht klug, es zu verkaufen. Die Leute würden sich fragen, was ich mit dem Geld gemacht habe. Und das Finanzamt würde kräftig mitkassieren. Und außerdem – Sie haben es ja wohl eilig –«

»Da haben Sie recht.«

»Es kann eine Weile dauern, so ein Haus loszuschlagen. Ich würde versuchen, es an einen Arzt zu verkaufen, der auch Dads Praxis und die Einrichtung übernehmen könnte. Dann wäre es mindestens ein Drittel mehr wert. Aber so ein Geschäft läßt sich nicht übers Knie brechen.«

Er musterte mich argwöhnisch, überlegte wohl, ob ich versuchte, ihn hereinzulegen.

»Tja, ich weiß nicht recht«, sagte er langsam. »Ich versteh nicht viel von diesen Dingen. Aber – vielleicht kriegen Sie Kredit drauf?«

»Das würde ich aber sehr ungern tun.«

»Von gern oder ungern reden wir jetzt nicht.«

»Aber wie sollte ich von meinem Gehalt so einen Kredit je zurückzahlen?« sagte ich überredend. »Nach Abzug der Zinsen und der Gebühren würden von der Kreditsumme bestimmt nicht mehr als fünftausend Dollar bleiben. Und dann müßte ich sofort irgendwo einen neuen Kredit aufnehmen, um den ersten abzuzahlen und – nein, so geht das nicht. Wenn Sie mir vier, fünf Monate Zeit geben, finde ich bestimmt jemanden . . .«

»Kommt überhaupt nicht in Frage. Wie lange brauchen Sie, um den Kredit zu bekommen? Eine Woche?«

»Tja . . .« Ich würde ihr ein bißchen mehr Zeit geben müssen. Ich wollte ihr dieses Mehr an Zeit geben. »Das ist sehr optimistisch gerechnet. Sagen wir lieber zwei Wochen. Aber das würde ich sehr ungern –«

»Fünftausend«, sagte er und ließ den Whisky in der Flasche kreisen. »Fünftausend in zwei Wochen. Abgemacht. Auf mich ist Verlaß. Wenn ich die fünftausend habe, sehen Sie mich nie wieder.«

Ich zog ein finsteres Gesicht, aber dann sagte ich: »Also meinetwegen.«

Er schob die Flasche in seine Gesäßtasche und stand auf. »Okay, ich geh jetzt wieder zu meiner Pipeline. Bis zum übernächsten Zahltag. Daß Sie mir nicht weglaufen, verstanden?«

»Ich werde mich hüten.«

»Wenn Sie auf die Idee kommen, unangenehme Fragen zu stellen, kriegen Sie unangenehme Antworten, das versprech ich Ihnen. Aber wenn Sie in zwei Wochen mit den fünftausend Mäusen rüberrücken, haben Sie nichts zu befürchten.«

Vorsichtshalber, weil er sonst denken konnte, ich hätte mich doch zu rasch breitschlagen lassen, erhob ich noch einen Einwand. »Vielleicht wäre es besser, wenn Sie nicht hierherkämen. Wenn jemand Sie sieht . . .«

»Darüber machen Sie sich man keine Sorgen, ich paß schon auf. Scherereien mag ich ebenso wenig wie Sie.«

»Ich meine ja nur.«

»Nee, nichts zu machen. Denken Sie mal, was passiert ist, als Sie das letztemal nachts auf freiem Feld herumgegeistert sind.«

Er sah auf die Wanduhr. »Das wär's dann wohl. Fünftausend Dollar, heute in vierzehn Tagen, abends um neun.«

Einen Augenblick blieb er noch in der Haustür stehen, um die Lage zu peilen. Dann verschwand er in der Dunkelheit.

Ich grinste mir eins. Fast tat er mir ein bißchen leid. Komisch, wie manche Typen förmlich das Unglück anziehen. Wieso kamen sie alle zu mir, um sich abmurksen zu lassen? Konnten sie nicht zur Abwechslung mal versuchen, sich selber umzubringen?

Ich kehrte im Sprechzimmer die Scherben zusammen, dann ging ich nach oben und wartete auf Amy. Ich brauchte nicht lange zu warten.

Eigentlich war sie so wie immer, aber ich spürte, daß sie noch etwas auf dem Herzen hatte und nicht wußte, wie sie anfangen sollte. Vielleicht spürte sie aber auch, daß es mir ebenso ging. Und schließlich platzten wir beide gleichzeitig heraus:

»Lou, wie wäre es, wenn –«

»Amy, wie wäre es, wenn –«

Wir lachten alle beide. »Wann, meinst du . . .«, fragte sie.

»In zwei Wochen, hab ich mir gedacht.«

»Du bist ein Schatz.« Sie gab mir einen Kuß. »Genauso hatte ich mir das auch vorgestellt.«

Aber ich war noch nicht fertig. »Wir haben immer das getan, was die Leute von uns erwartet haben«, sagte ich. »Wenn wir nun . . . Woran denkst du, Amy?«

»Nein, sag du erst, was du dir gedacht hast.«

»Nein, sag du's.«

»Ja, also . . .« Und dann, zweistimmig: »Brennen wir einfach durch.«

17

Am Sonntag war der Penner dagewesen, und Amy und ich hatten beschlossen, miteinander durchzubrennen. Am darauffolgenden Dienstag kreuzte dann dieser große Typ mit den Hängeschultern und dem gelben, hageren Gesicht auf, der sich als Dr. John Smith vorstellte. Er sei auf der Durchreise, sagte er, und hätte gehört, Haus und Praxis seien möglicherweise zu verkaufen.

Es war morgens gegen neun, und eigentlich hätte ich schon auf dem Weg zum Dienst sein müssen, aber damit nahm ich es neuerdings nicht mehr so genau, und Dad hatte durchreisende Kollegen immer sehr gastfreundlich aufgenommen.

»Ich hab gelegentlich schon mal daran gedacht zu verkaufen«, sagte ich, »konkrete Vorstellungen habe ich allerdings noch nicht. Aber kommen Sie doch herein, Ärzte sind hier immer willkommen.«

Ich führte ihn ins Sprechzimmer, holte ihm eine Schachtel Zigarren und kochte Kaffee. Dann setzte ich mich zu ihm. Besonders sympathisch war er mir nicht. Er glotzte mich aus seinen großen gelben Augen an, als ob ich eine Kuriosität vom Jahrmarkt wäre und nicht ein ernstzunehmender Verhandlungspartner. Aber manche Ärzte haben eben komische Angewohnheiten.

»Sind Sie praktischer Arzt, Dr. Smith?« fragte ich. »Verstehen Sie, ich will Sie nicht entmutigen, aber da haben wir hier am Ort eine ganze Reihe von alteingesessenen Kollegen, die ihren festen Patientenstamm haben. Für einen Kinderarzt oder Geburtshelfer stehen die Chancen schon besser.«

Ich machte eine erwartungsvolle Pause. Er blinzelte und schien aus seiner Trance zu erwachen. »Gerade für diese Gebiete interessiere ich mich sehr, Mr. Ford. Allerdings habe ich gewisse Hemmungen, mich als – äh – Spezialisten zu bezeichnen . . .«

»Dann sieht es für Sie nicht schlecht aus. Welche Erfahrungen haben Sie bei der Behandlung von Nierenentzündungen? Würden Sie sagen, daß sich die Impfung mit Masernserum bewährt hat?«

»Hm . . . äh . . .« Er schlug die langen Beine übereinander und brachte sie gleich darauf in ihre Ausgangsstellung zurück. »Ja und nein.«

Ich nickte ernsthaft. »Sie meinen, daß man das von zwei Seiten betrachten kann?«

»Tja . . . äh . . . ja, eigentlich . . .«

»Verstehe. So hatte ich es bisher noch nicht gesehen, aber wahrscheinlich haben Sie recht.«

»Haben Sie sich auf Kinderheilkunde spezialisiert, Mr. Ford?«

Ich lachte. »Überhaupt nicht. Medizinisch bin ich ein blutiger Laie. Aber ich habe mich schon immer für Kinder interessiert, und das wenige, was ich von der ärztlichen Kunst verstehe, betrifft hauptsächlich Kinderkrankheiten.«

»Ich habe nämlich bisher hauptsächlich in der Geriatrie gearbeitet.«

»Das trifft sich gut, wir haben einen großen Anteil älterer Mitbürger in Central City. Kennen Sie die Arbeit von Max Jacobson über Degenerationserscheinungen? Was halten Sie von seiner Theorie über das Verhältnis zwischen verlangsamter Betätigung und fortschreitender Senilität? Die Grundidee ist mir natürlich klar, aber um seine Formel ganz erfassen zu können, reichen meine Mathematikkenntnisse nicht aus. Wenn Sie mir das etwas näher erläutern könnten . . .«

»Ja, das ist eine ziemlich komplizierte Angelegenheit.«

»Verstehe. Sie halten Jacobsons Methode für zu empirisch. Das habe ich zunächst auch gedacht, aber vielleicht kommt das bei mir nur daher, daß ich zu subjektiv an die Sache herangegangen bin. Ist der Zustand nun pathologischer, psychopathologischer oder psycho-pathologisch-psychosomatischer Art? Ja, ja, all das kann zutreffen, wenn auch in unterschiedlichem Maße. Es hilft nichts, wir müssen diesen Faktor berücksichtigen. Um einmal eine Gleichung aufzustellen – Sie müssen es mir nachsehen, wenn ich etwas zu sehr vereinfache –, bei der Kosinus –«

Schade, dachte ich, daß Max Jacobson das nicht erlebt, nach allem, was ich über den Mann gelesen hatte, hätte er meinen Besucher am Kragen gepackt und eigenhändig an die frische Luft befördert.

»Entschuldigen Sie«, unterbrach er mich und fuhr sich mit der großen, knochigen Hand über die Stirn. »Ich habe wahnsinnige Kopfschmerzen. Was tun Sie gegen Kopfschmerzen, Mr. Ford?«

»Ich habe nie welche.«

»Nicht? Nicht einmal, wenn Sie nächtelang aufsitzen, Bücher wälzen und nicht einschlafen können?«

»Über Schlafstörungen kann ich mich auch nicht beklagen.«

»Und Sie machen sich auch keine Sorgen? In einer Stadt, in der so viel und so bösartig geklatscht wird? Sie haben nie das Gefühl, die Leute könnten vielleicht auch über Sie klatschen?«

»Sie wollen wissen, ob ich mich verfolgt fühle«, stellte ich nüchtern fest. »Die Antwort lautet ja. Aber wenn es gar zu schlimm wird, nehme ich einfach meine Keule und schlage ein paar Leute tot, dann wird mir gleich besser.«

Ich hatte mir schon die ganze Zeit überlegt, wo ich den Typ schon mal gesehen hatte, und jetzt fiel mir ein, daß vor ein paar Jahren in einer überregionalen Zeitung ein – übrigens nicht sehr gutes – Foto von ihm gewesen war und ein längerer Artikel. Er hatte in Edinburgh studiert, hatte mit Ach und Krach hier drüben seinen Doktor gemacht – da hatte er schon ein paar Leute zu Tode kuriert – und sich dann auf die Psychiatrie geworfen.

An der Westküste hatte er einen Job bei der Polizei bekommen, aber in einem großen Mordfall hatte er die falschen Verdächtigen fertiggemacht, Leute, die genügend Geld und Einfluß hatten, um sich wehren zu können. Er konnte von Glück sagen, daß er seine Zulassung nicht losgeworden war, aber mit der Westküste und dem schönen Job bei der Polizei war es natürlich nichts mehr. Was er jetzt machte, konnte ich mir denken. Geisteskranke bringen keine Wählerstimmen, denen gibt man gern die Ärzte aus der untersten Schublade. Das spart Geld.

So langsam dämmerte ihm, daß ich wußte, wer er war. »Tja, ich glaube, ich muß jetzt so langsam –«

»Warten Sie, ich zeig Ihnen meine Keule. Oder vielleicht zeigen Sie mir was aus Ihrer Sammlung? Was ist eigentlich aus dem Gummiphallus geworden, mit dem Sie damals die Zwölfjährige geplagt haben. Hatten Sie noch Zeit, den einzupacken, als Sie türmen mußten?«

»Ich glaube, hier liegt eine Verwechslung vor.«

»Nein, mein Lieber, Sie sind nämlich unverwechselbar. Aber schreiben Sie ruhig Ihren Bericht, tun Sie sich keinen Zwang an. Nur eine Fußnote sollten Sie machen. Den nächsten Arsch, der hier antanzt, schlag ich auf die Birne, daß er durch die Rippen guckt wie ein Affe durchs Gitter.«

Er retirierte in die Diele, und sein gelbes Gesicht zuckte und wabbelte wie eine Götterspeise.

Er streckte die Hand aus, ohne hinzusehen, langte sich seinen Hut vom Garderobenständer und setzte ihn verkehrt herum auf. Ich machte lachend einen raschen Schritt auf ihn zu. Er fiel fast aus der Tür. Seine Aktentasche warf ich hinter ihm her.

Daraufhin machte ich mir ein kräftiges zweites Frühstück und verputzte es bis auf den letzten Krümel.

Jetzt war es kein unbestimmtes Gefühl mehr, daß ich eingekreist war, es war Gewißheit. Und sie wußten, daß ich es wußte. Aber geändert hatte sich im Grunde dadurch überhaupt nichts.

Noch immer waren sie nur auf Vermutungen angewiesen. Beweisen konnten sie mir nichts.

Ich trank den Rest Kaffee, rauchte eine Zigarre und wusch ab. Ich warf den Spatzen ein paar Krümel in den Garten und goß die Süßkartoffelpflanze am Küchenfenster.

Dann holte ich den Wagen heraus und fuhr in die Stadt. Und ich dachte, wie gut es getan hatte, mal wieder vernünftig zu reden, und wenn es auch nur mit einem miesen Typ wie dem angeblichen Dr. Smith gewesen war.

18

Ich habe Amy Stanton am Samstag, dem 5. April, kurz vor neun umgebracht.

Es war ein frischer, sonniger Frühlingstag gewesen, in dessen Wärme man schon den kommenden Sommer spürte. Der Abend war angenehm kühl. Sie machte das Abendessen für ihre Eltern besonders zeitig und schickte die beiden gegen sieben ins Kino. Um halb neun kam sie dann zu mir herüber und –

Ich sah sie an meinem Haus vorbeigehen – ihre Eltern, meine ich –, und sie muß wohl am Gartentor gestanden und ihnen nachgewinkt haben, denn sie sahen sich um und winkten auch. Dann, denke ich mir, ist sie ins Haus zurückgegangen und hat sich sehr beeilt, um rechtzeitig fertigzuwerden. Sie hat gebadet und sich frisch frisiert und Make-up aufgelegt und ihre Koffer gepackt. Solange ihre Eltern noch im Haus waren, hatte sie ja nicht viel machen können.

Sie hatte alle Hände voll zu tun, und wenn sie nur ein bißchen langsamer gewesen wäre . . . Aber Amy war von der schnellen Truppe. Als sie fertig war, hatte sie noch ein bißchen Zeit, und dann, denke ich mir, hat sie sich vor den großen Spiegel gestellt und sich von allen Seiten gemustert, und dann . . . Ja, dann war sie wohl fertig und kam zu mir herüber.

Ich war zwar noch nicht fix und fertig angezogen, aber durchaus schon empfangsbereit. Ich stand in der Küche und wartete auf sie, und sie war außer Atem, weil sie sich so beeilt hatte und ihre Koffer ziemlich schwer waren, und ich denke mir –

Nein, das ist noch nicht dran. Es ist noch zu früh. Denn bis dahin waren es ja noch zwei Wochen.

Es waren zwei richtig schöne Wochen, denn zum ersten Mal in meinem Leben war ich völlig frei und unbelastet. Das Ende war ja nun schon zum Greifen nahe.

Wir waren jeden Abend zusammen, unternahmen alles, was sie wollte, und ich erfüllte ihr jeden Wunsch, was weiter nicht schwierig war, denn sie hatte keine ausgefallenen Wünsche. Einmal fuhren wir zur High School und sahen dem Baseballteam beim Training zu. Ein andermal fuhren wir zum Bahnhof und sahen uns den vorbeirasenden Tulsa Flyer und die gelangweilten Fahrgäste im Speisewagen und im Aussichtswagen an. Das waren so die Ausflüge, die wir in diesen vierzehn Tagen machten. Und gelegentlich holten wir uns eine große Portion Eis. Meist waren wir bei mir zu Hause, saßen zu zweit in Dads altem Lehnsessel oder lagen oben auf dem Bett und hielten uns in den Armen.

Stundenlang lagen wir so, ohne zu reden, und die Zeit flog nur so dahin. Ich horchte auf das Ticken der Uhr und auf das Schlagen ihres Herzens. Beide schlugen im gleichen Takt, und sie schlugen unheimlich schnell. Und es fiel mir immer schwerer, mich danach wieder in dem Alptraum einzurichten, in dem das, was ich tun mußte, glasklar und logisch war.

Ein paarmal stritten wir auch, aber nie ernsthaft. Einmal sagte Amy, sie würde gelegentlich mal mit mir zum Friseur gehen und ihn bitten, mir einen vernünftigen Haarschnitt zu verpassen, und ich sagte, eher würde ich mir einen Zopf flechten, und da gerieten wir ein bißchen aneinander, aber es war nicht schlimm.

An einem Abend fragte sie mich, wie viele Zigarren ich täglich rauchte, und ich sagte, ich hätte sie noch nie gezählt. Warum ich nicht Zigaretten rauchte wie andere Leute, wollte sie wissen. Weil das Zigarrerauchen in unserer Familie Tradition hatte, sagte ich. Dad hätte nur Zigarren geraucht. Wenn er dir wichtiger ist als ich es bin, erübrigt sich jedes weitere Wort, sagte sie, und ich sagte, was hat das denn damit zu tun. Aber es war nur eine kleine Kabbelei, die sie bestimmt gleich wieder vergessen hat.

Es muß schön gewesen sein für sie in diesen vierzehn Tagen, schöner als es je für sie gewesen war.

Und dann waren die vierzehn Tage vorbei, und der Abend des 5. April kam, und sie schickte ihre Leute ins Kino, und um halb neun kam sie zu mir herüber, und ich erwartete sie schon.

Aber ich greife schon wieder vor. Erst muß ich noch ein paar andere Sachen erzählen. In dieser Zeit machte ich jeden Tag Dienst. Es fiel mir nicht leicht, bestimmt nicht. Am liebsten hätte ich mich im Haus verkrochen und mit niemandem geredet, aber ich wußte, das ging nicht. Ich zwang mich, zum Dienst zu gehen, aber das war ja nichts Neues. Ich hatte mich immer dazu zwingen müssen.

Sie hatten Verdacht geschöpft, und ich wollte ihnen zeigen, daß mir das klar war, daß ich aber ein gutes Gewissen und keine Angst hatte. Und deshalb ging ich zum Dienst. Jeden Tag.

Zuerst gaben sie mir kaum was zu tun. Und es war verdammt hart, tatenlos herumzustehen und so zu tun, als ob ich nichts davon merkte oder als ob es mir nichts ausmachte. Und wenn ich mal einen Auftrag kriegte, einen Strafbefehl zu überbringen oder dergleichen, fand sich immer ein Grund, einen Kollegen mitzuschicken, und der war verlegen und ratlos, weil sie natürlich für sich behielten, was eigentlich los war. Hendricks und Conway und Bob Maples, meine ich. Aber fragen konnte er auch nicht. Die Leute in unserer Gegend sind auf ihre Art unheimlich höflich. Sie motzen und reden über alles mögliche, nur nicht über das, was ihnen wirklich an die Nieren geht. Wenn also dann so ein armer Deputy neben mir hertrabte, versuchte er mich immer aufzumuntern, mit dem Fall Johnnie Pappas etwa, damit ich mich besser fühlte.

Als ich an einem Tag von der Mittagspause kam, war gerade frisch gebohnert worden, die Schritte auf dem Dielenboden waren kaum zu hören, und wenn man vorsichtig ging, hörte man sie überhaupt nicht. Deshalb kriegten Deputy Jeff Plummer und Sergeant Bob auch nicht mit, daß ich wieder da war. Ich blieb vor der Tür stehen und horchte. Und ich kannte die beiden so gut, daß ich sie vor mir sah, ohne hinsehen zu müssen.

Bob saß am Schreibtisch und tat, als ob er Akten wälzte. Seine Brille war ihm auf die Nasenspitze gerutscht, und ab und zu warf er einen kurzen Blick über den Brillenrand. Was gesagt wurde, paßte ihm nicht, aber das hätte man ihm nie angesehen. Jeff Plummer lehnte an einem Fenster, besah sich seine Fingernägel, mampfte Kaugummi und kritisierte Bob. Jawohl, es war eine offene Kritik, wenn man das auch seiner lockeren Redeweise nie angehört hätte.

»Schätze, das ewige Herumspionieren ist nichts für mich, Sir«, sagte er. »So was geht einem auf die Nerven. Sehr ungesund, so was.«

»Wirklich, Jeff?«

»Ehrlich, es geht nicht mehr. Irgendwann wird's einem zuviel.«

»Wissen Sie, wie man so was nennt, Jeff? Befehlsverweigerung nennt man so was. Und Ordnung muß sein. In jedem Job, Jeff.«

»Richtig, Sir. Völlig richtig. Genau das ist der springende Punkt. Vielen Dank, Sir.« Und dann gab es einen scheppernden Laut, als Jeff seinen Stern auf den Schreibtisch warf, und Jeff schlenderte zur Tür. Er lächelte. Aber seine Augen lächelten nicht mit. Da wurde Bob lebendig.

»Idiot. Willst du mir die Augen ausstechen mit dem Ding da? Wenn ich dich wieder dabei erwische, daß du mit deinem Stern Zielübungen machst, kannst du dir deine Knochen einzeln zusammensuchen.«

Jeff scharrte mit den Füßen auf dem Boden herum und räusperte sich. »Dieser ganze Hokuspokus hier, Bob . . . Wär wohl nicht fair zu fragen, was es damit auf sich hat, was?«

»Das würde ich nicht sagen, Jeff. Fragen kann jeder. Und jeder tut, was er muß. So sehe ich das.«

Ich ging rasch aufs Klo und blieb dort eine Weile. Als ich ins Büro kam, war Jeff Plummer weg, und Bob schickte mich los mit dem Auftrag, einen Strafbefehl zuzustellen. Allein. Er sah mir nicht in die Augen dabei, aber er machte einen ganz zufriedenen Eindruck. Er hatte viel riskiert, er hatte alles zu verlieren und nichts zu gewinnen, aber er war zufrieden.

Und ich wußte nicht, ob ich mich darüber freuen sollte oder nicht.

Bob hatte nicht mehr lange zu leben, und der Job war alles, was er hatte. Jeff Plummer hatte eine Frau und vier Kinder und war ein guter Familienvater. Solche Leute bilden sich nicht vorschnell eine Meinung über jemanden. Aber wenn ihr Urteil einmal feststeht, bringt keine Macht der Welt sie dazu, es wieder umzustoßen. Ums Verrecken nicht.

Ich schob also Tag für Tag meinen Dienst, und nach einer Weile waren alle wieder ziemlich nett zu mir, und das machte es mir leichter und auch wieder schwerer. Denn gerade die Leute, die dir vertrauen, die nichts auf dich kommen lassen, die kannst du besonders schwer täuschen, weil du nicht mit dem Herzen bei der

Sache bist.

Ich ging jeden Tag bei dem Griechen vorbei, sah mir die Fortschritte beim Umbau an und ließ mir alles erklären. Ich nahm ihn im Wagen mit, wenn er irgendwohin wollte. Es würde ein Klasselokal werden, sagte ich, und Johnnie hätte bestimmt seinen Spaß daran. Es hatte nie einen besseren Jungen gegeben, und jetzt konnte er von oben runtergucken und alles bewundern.

Erst war der Grieche ziemlich schweigsam. Höflich, aber schweigsam. Aber bald nahm er mich mit in die Küche und setzte mir Kaffee vor und brachte mich bis zum Wagen, wenn ich weg mußte. Er hing an meinen Lippen, wenn ich von Johnnie sprach, und manchmal fiel ihm wohl ein, daß er sich ziemlich schäbig benommen hatte, und ich merkte, daß er sich am liebsten entschuldigt hätte. Aber er tat es nie. Wahrscheinlich hatte er Angst, mich damit zu kränken.

Chester Conway war zwischendurch mal wieder in Central City aufgetaucht, und an dem Tag, als er wieder abreisen sollte, fuhr ich gegen zwei ganz langsam an seinem Büro vorbei. Er kam herausgestürzt und sah sich nach einem Taxi um. Ehe er wußte, wie ihm geschah, war es schon passiert. Ich sprang aus dem Wagen, nahm ihm die Aktentasche ab und schob ihn auf die Rückbank.

In diesem Augenblick war er einfach zu platt, um etwas sagen zu können, und später, als wir in Richtung Flughafen rollten, kam er nicht mehr dazu, weil ich das Reden ganz allein besorgte.

»Ich hab die ganze Zeit auf eine Gelegenheit gewartet, Mr. Conway, um mich für Ihre Gastfreundschaft in Fort Worth zu bedanken. Es war wirklich sehr nett von Ihnen, daß Sie sich trotz Ihrer eigenen Sorgen noch Gedanken um meine und Bobs Bequemlichkeit gemacht haben. Sie müssen mich für einen richtigen Flegel gehalten haben. Aber ich war einfach müde und habe nur an meine eigenen Probleme gedacht. Deshalb habe ich Sie am Flughafen wohl ein bißchen angeblafft, aber das war nicht böse gemeint, Mr. Conway. Schon die ganze Zeit wollte ich mich bei Ihnen entschuldigen. Ich bin eben ein dummer Kerl und weiß es nicht besser.

Elmer war so lieb und so gutgläubig, ich hätte es so machen sollen, wie Sie gesagt haben, ich hätte ihn zu dieser Person begleiten sollen, obgleich sie sich das ja ausdrücklich verbeten hatte. Es ist meine Schuld, Mr. Conway, machen Sie mit mir, was Sie wollen, nehmen Sie mir meinen Job weg – ich weiß, daß Sie das tun können, wenn Sie wollen –, ich hab es verdient. Es ist ein Jammer um Elmer. Sehr gut hab ich ihn ja nicht gekannt, aber irgendwie hatte ich immer das Gefühl, daß wir alte Freunde waren. Vielleicht, weil er Ihnen so ähnlich sah. Wie ich ihn ein paarmal aus der Entfernung gesehen habe, da hab ich doch wirklich gedacht, Sie wären es. Auch deshalb hab ich Sie heute abgepaßt. Weil ich in Ihnen Elmer noch mal wiedergesehen habe.«

Wir hielten am Flughafen.

Ohne ein Wort zu sagen, ohne mich anzusehen, stieg er aus und ging zu der wartenden Maschine. Er lief sehr schnell. Als sei er auf der Flucht.

Aber als er die Treppe hinaufstieg, wurden seine Schritte immer schleppender. Auf halber Höhe machte er eine Pause. Dann war er endlich oben angekommen und blieb einen Augenblick in der Tür stehen.

Er drehte sich um, ruckte ein bißchen mit der Aktentasche, bückte sich und verschwand in der Kabine. Er hatte mir zugewinkt.

Ich fuhr zurück in die Stadt. Und in diesem Augenblick habe ich wohl eingesehen, daß alles keinen Zweck hatte. Ich hatte getan, was ich konnte, ich hatte sie mit der Nase daraufgestoßen, und sie hatten es einfach nicht begreifen wollen.

Niemand würde mich bremsen.

Und deshalb habe ich am Samstag, dem 5. April, kurz vor neun . . .

Aber da gibt es noch ein, zwei Sachen, die ich erzählen muß, damit alles klar ist. Sonnenklar. In vielen Büchern flippt der Autor aus, sobald er zu einem Höhepunkt der Erzählung kommt. Er vergißt die Satzzeichen und macht lange Schachtelsätze und faselt von Sternen und schwarzen Strudeln und dergleichen, und kein Mensch weiß, was läuft. Viele Kritiker halten so was für gute Literatur, aber so, wie ich das sehe, ist der Schreiberling nur zu faul, um seinen Leuten zu verklickern, was eigentlich Sache ist. Ich will alles erzählen, und zwar in der richtigen Reihenfolge, damit jeder kapiert, wie es gewesen ist.

Am Samstagnachmittag erwischte ich Bob Maples eine Minute allein und sagte ihm, daß ich heute abend keinen Dienst machen würde. Amy und ich hätten was Wichtiges vor, sagte ich, und vielleicht würde ich am Montag und Dienstag auch nicht aufkreuzen. Und ich blinzelte ihm zu.

Er runzelte die Stirn. »Meinst du nicht, daß –« Dann packte er plötzlich meine Hand und drückte sie fest. »Das freut mich aber, Lou, das freut mich wirklich. Ich wünsche euch alles, alles Gute.«

»Ich werde versuchen, nicht zu lange wegzubleiben. Es liegen da so gewisse Dinge in der Luft . . .«

»Unsinn.« Er schob das Kinn vor. »Nichts liegt in der Luft, es ist alles in bester Ordnung. Gib Amy einen Kuß von mir und mach dir keine Sorgen, mein Junge.«

Es war noch früh, deshalb fuhr ich in die Derrick Road und blieb dort eine Weile im Wagen sitzen. Danach fuhr ich heim, ließ den Wagen vor der Tür stehen und machte mir was zu essen. Ich legte mich eine Stunde aufs Bett und ließ das Essen setzen. Dann ließ ich mir Wasser ein und stieg in die Badewanne.

Dort verbrachte ich fast eine Stunde, aalte mich im warmen Wasser, rauchte und dachte nach. Schließlich stieg ich heraus, sah auf die Uhr und fing an, meine Koffer zu packen.

Ich zog saubere Unterwäsche und Socken und frisch gebügelte Hosen an und meine Sonntagsschuhe, aber noch kein Hemd.

Dann setzte ich mich auf die Bettkante, rauchte bis acht und ging in die Küche hinunter.

Ich machte Licht in der Speisekammer und bewegte die Tür hin und her, bis sie so stand, wie ich es mir vorgestellt hatte. Bis in die Küche gerade noch genug Licht fiel. Ich sah mich um, vergewisserte mich, daß die Läden vorgelegt waren, und ging in Dads Sprechzimmer.

Ich griff mir die Bibelkonkordanz und nahm die vierhundert Dollar heraus. Elmers Geld. Ich kippte den Inhalt von Dads Schubläden auf den Boden, machte das Licht aus und zog die Tür fest zu. Dann ging ich wieder in die Küche.

Auf dem Tisch lag die Abendzeitung. Ich schob ein Schlachtermesser darunter. Und dann hörte ich sie kommen.

Sie kam über die Hintertreppe hinauf und mühte sich einen

Augenblick mit der Tür. Atemlos und ein bißchen ärgerlich trat sie ein und machte die Tür hinter sich zu. Ich stand da und sagte nichts, weil ich schon wieder vergessen hatte, warum es sein mußte. Dann fiel es mir ein.

Und so habe ich am Samstag, dem 5. April, kurz vor neun Amy Stanton umgebracht. Oder sollte man vielleicht lieber sagen, daß es ein Selbstmord war?

19

Sie fuhr ein bißchen zusammen, als sie mich sah, dann setzte sie die beiden Reisetaschen ab, versetzte einer einen Tritt und strich sich eine Haarsträhne aus dem Gesicht.

»Du könntest mir auch ein bißchen helfen«, fuhr sie mich an. »Warum hast du den Wagen nicht in der Garage gelassen?«

Ich schüttelte stumm den Kopf.

»Also wirklich, Lou, manchmal bist du unmöglich. Da stehst du nun an deinem Hochzeitstag und bist noch nicht mal –« Sie unterbrach sich. Die Küchenuhr tickte zehnmal, ehe sie wieder anfing. »Es tut mir leid«, sagte sie leise. »Ich hab es nicht so gemeint.«

Sie streckte die Arme aus und kam lächelnd auf mich zu.

»Ich weiß, ich weiß. Du kannst nun mal nicht aus deiner Haut.«

Und dann schlug ich zu, hart und schnell. Sie kippte vornüber, der Hut flog ihr vom Kopf, und dann kippte sie nach hinten und blieb mit herausquellenden Augen auf dem Rücken liegen. Ich sah die Pfütze, die sich unter ihr ausbreitete.

Ich setzte mich an den Küchentisch und versuchte, die Zeitung zu lesen. Aber das Licht war zu schlecht zum Lesen, und sie bewegte sich immer noch.

Einmal merkte ich, daß etwas an meinem Stiefel herumkrabbelte. Es war ihre Hand. Ich stand auf und zog und zerrte, aber die Hand hatte sich am Stiefelrand festgekrallt, und ich mußte sie fast einen Meter mitschleifen, ehe ich mich losmachen konnte.

Die Hand bewegte sich immer noch, und schließlich bekam sie die Handtasche zu fassen und zog sie zu sich heran.

Das konnte mir nur recht sein. Ich grinste ein bißchen. Typisch für sie, daß sie bis zuletzt ihre Handtasche festhielt. Sie hatte immer ihre Groschen zusammengehalten. Hatte sie zusammenhalten müssen.

Die Stantons gehörten zu den besten Familien der Stadt, aber die Eltern waren seit Jahren kränklich, und abgesehen von dem Haus, das sie bewohnten, hatten sie nicht viel. Klar hatte sie da ihre Groschen zusammenhalten müssen. Und das Zeug, das sie mir gebacken hatte, als ich krank war, war im Grunde gar nicht so schlecht gewesen, sie hatte sich Mühe gegeben damit. Ich –

Warum kam der Kerl nicht? Sie hatte jetzt seit einer halben Stunde nicht mehr richtig geatmet. Es war hart für sie. Verdammt hart. Ich hielt einen Augenblick die Luft an und dachte daran, wie viele Sachen wir zusammen gemacht hatten und –

Dann kam er. Ich hatte die Haustür abgeschlossen, damit er mich nicht überraschen konnte, und ich hörte ihn daran herumfummeln.

Ich versetzte ihr noch zwei Tritte, so daß sie hochgeschleudert wurde und wieder in sich zusammensackte. Kein Zweifel, das hatte ihr den Rest gegeben. Dann ging ich zur Tür und ließ ihn ein.

Ich drückte ihm die gezeichneten Zwanziger in die Hand.

»Stecken Sie das mal schon ein, der Rest ist in der Küche.«

Schon die Kinder kennen diesen Trick. Jeder greift zu, wenn man ihm was hinstreckt, auch wenn er genau weiß, daß es unter Umständen ein Pferdeapfel ist oder eine Klette oder eine tote Maus. Man muß es nur schnell genug machen, dann fällt jeder drauf herein. Ich machte es schnell genug. Dann ging ich zurück zur Küche, und er blieb mir dicht auf den Fersen.

Von der Speisekammer her kam ein bißchen Licht herein. Als wir beide in der Küche standen, ging ich rasch zur Seite.

Er wäre fast auf ihren Bauch getreten. Rasch zog er den Fuß zurück, aber den Blick konnte er nicht so schnell von ihr lösen. Wie hypnotisiert starrte er sie an. Endlich sah er auf, und seine Lippen zitterten. »Iihhh . . .«, sagte er.

Es war ein ganz komischer Laut, wie eine verrostete Sirene. Dabei rollte er die Augen, und seine Lippen zitterten, und ich mußte laut loslachen. Dann fiel mir ein, was er gemacht hatte, und ich hörte auf zu lachen und wurde wütend. Stinkwütend.

»Du Schwein. Du mieses Schwein. Weißt du, daß ich diese Frau habe heiraten wollen? Sie hat dich erwischt, wie du durchs Haus geschlichen bist, und da –«

Ich unterbrach mich, denn er hatte es ja nicht getan, aber er hätte es tun können. Er und jeder andere. Es liegt in uns allen. Die meisten sind nur zu feige und zu duckmäuserisch, um wirklich zu tun, wonach ihnen ist. Aber mich erpressen, mich nach seiner Pfeife tanzen lassen, das konnte er.

Ich war so wütend, daß ich das Schlachtermesser unter der Zeitung hervorholte und mich auf ihn stürzte. Da rutschte ich aus, stürzte hin, hätte ihn fast mitgerissen, wenn er nicht rasch zur Seite gesprungen wäre, und das Messer flog mir aus der Hand.

Minutenlang konnte ich keinen Finger rühren. Da lag ich nun hilflos am Boden. Ohne Waffe. Wenn ich noch ein Stück weitergerollt wäre, hätte ich meine Arme um Amy legen können, wie ich es so oft nachts auf meinem Bett gemacht hatte.

Aber wenn Sie denken, er hätte sich das Messer gegriffen und mich fertiggemacht, sind Sie schief gewickelt. Nein, er kannte nur eins: türmen. Das können sie alle.

Ich griff mir das Messer und sprintete hinter dem Kerl her. Als ich zur Haustür kam, war er schon auf der Straße, er hatte einen ganz schönen Vorsprung herausgeholt. Ich lief ihm nach, so schnell ich konnte.

Sehr schnell war das nicht. Wegen der Stiefel. Ich kenne viele Männer hier bei uns, die in ihrem ganzen Leben noch keine fünfzig Meilen gelaufen sind. Aber er war auch nicht besonders fix. Was er machte, war kein Gehen oder Rennen, sondern ein ruckartiges Hüpfen, begleitet von diesem durchdringenden Sirenenton. »Iihhh . . .«

»Mörder«, schrie ich. »Mörder. Haltet ihn. Er hat Amy Stanton umgebracht. Mörder . . .«

Überall flogen Fenster auf, Türen klappten, und die Leute kamen von den Veranden. Das brachte ihn wohl wieder etwas zur Besinnung. Er wechselte auf die Fahrbahnmitte und begann schneller zu werden. Aber ich hatte auch Tempo zugelegt.

»Mörder«, schrie ich. »Mörder. Haltet ihn. Er hat Amy Stanton umgebracht.«

Es ging alles furchtbar schnell. Es hört sich nur so an, als ob es Gott weiß was für eine Verfolgungsjagd war, weil ich nichts auslasse, weil ich genau erzählen will, wie es war, damit es auch jeder kapiert.

Ich sah nach vorn. Aus dem Geschäftsviertel kam uns eine ganze Autoflotte entgegengerollt.

»Iihhh, iihhh . . .«

»Mörder, Mörder. Er hat Amy Stanton umgebracht.«

Ein kleiner Sportflitzer rollte über die Kreuzung und hielt, und Jeff Plummer stieg aus.

Er bückte sich und holte seine Winchester heraus. Das machte er ganz lässig, richtig locker war er dabei. Er lehnte sich gegen den Kotflügel und legte die Flinte an die Schulter.

»Halt«, rief er.

Er rief es nur einmal, und dann drückte er ab, denn der Kerl hatte einen Haken zur anderen Straßenseite geschlagen, und so was müßte natürlich verboten werden.

Der Kerl stolperte, ging zu Boden und faßte sich ans Knie. Aber er richtete sich wieder auf, und es sah aus, als ob er in seine Jacke griff. Das ist ja nun wirklich ganz und gar unzulässig, selbst wenn es nur so aussieht.

Jeff schoß dreimal. Der Kerl war mit der ersten Kugel erledigt, aber getroffen haben ihn alle drei. Als er auf dem Pflaster lag, kann er nicht mehr viel im Kopf gehabt haben.

Ich stürzte mich auf ihn und begann auf ihn einzudreschen, und sie hatten alle Hände voll zu tun, mich wegzuziehen. Und dann war ich dran mit meiner Geschichte. Ich hatte mich gerade angezogen, als ich unten komische Geräusche hörte, dachte mir erst nichts dabei, und dann . . .

Ich brauchte mir gar keine besondere Mühe zu geben, es leuchtete offenbar allen sofort ein.

Ein Arzt, Dr. Zweilman, drängte sich durch die Menge. Er gab mir eine Spritze, und dann brachten sie mich nach Hause.

Ich wachte am nächsten Morgen kurz nach neun auf. Mein Mund war klebrig und meine Kehle trocken. Das kam von dem Morphium. Warum sie mir nicht Scopolamin gegeben hatten, war mir ein Rätsel. Mein erster klarer Gedanke war, daß ich Durst hatte, rasenden Durst.

Ich ging ins Badezimmer und goß ein Glas Wasser nach dem anderen in mich hinein, das fast umgehend wieder hochkam (es gibt wirklich kaum was Schlimmeres als Morphium!), aber dann beruhigte sich mein Magen allmählich, ich trank noch zwei Glas Wasser, und die blieben da, wo sie hingehörten. Ich wusch mir das Gesicht mit heißem und kaltem Wasser und brachte mein Haar in Ordnung.

Komisch, daß niemand bei mir war. Ich setzte mich aufs Bett und überlegte, wer mich wohl ausgezogen hatte. Und dann überkam es mich plötzlich. Nicht die Sache mit ihr, nein, daran mochte ich gar nicht denken. Aber die Sache mit dem Alleinsein. Wahre Freunde lassen einen in so einer Situation nicht allein. Da hatte ich nun das Mädchen verloren, das ich hatte heiraten wollen, ich hatte Schreckliches durchgemacht. Und sie hatten mich alleingelassen. Keiner war da, um mich zu trösten, sich um mich zu kümmern. Keiner saß an meinem Bett, nickte weise mit dem Kopf und wollte mir einreden, das sei der Wille Gottes, und sie sei jetzt glücklich und aller Sorgen ledig. Wenn ein Mann so was Schreckliches durchgemacht hat wie ich, braucht er einfach Trost und Hilfe. Und ich war immer zur Stelle gewesen, wenn einer meiner Freunde einen lieben Menschen verloren hatte. Ein Mann in dieser Situation ist seiner Sinne nicht mehr mächtig, er könnte sich womöglich noch was antun. Zumindest hätten sie mir eine Schwester schicken müssen.

Es war keine Schwester da. Auch nicht in den anderen Zimmern. Ich stand extra auf und sah nach. Wissen kann man ja nie . . .

Aber ich tat mir nichts an. Darauf konnten sie lange warten. Ich ging nach unten. Die Küche war wieder in Ordnung. Und menschenleer. Ich setzte gerade Kaffeewasser auf, als ich draußen jemanden husten hörte. Ich war so erleichtert, daß mir die Tränen kamen. Ich nahm den Topf wieder vom Herd und machte die

Haustür auf.

Jeff Plummer saß auf der obersten Stufe der Verandatreppe, den Rücken an einen Pfosten gelehnt. Er warf mir einen schrägen Blick zu und sah gleich wieder weg.

»Wie lange sitzt du schon hier, Jeff?« fragte ich. »Warum hast du nicht geklopft?«

»Schon 'ne ganze Weile.« Er angelte einen Kaugummi aus der Hemdentasche und begann ihn auszuwickeln. »Doch, 'ne ganze Weile, das kann man schon sagen.«

»Komm doch rein, ich wollte gerade –«

»Hier ist es auch schön. Laß man. Gute Luft. Bis eben jedenfalls.«

Er steckte den Kaugummi in den Mund und faltete das Einwickelpapier zu einem ordentlichen Quadrat, das er wieder in die Tasche schob.

Ich stand da wie angewurzelt und sah zu, wie er rhythmisch anfing zu kauen, ohne mich auch nur einmal anzuschauen.

»War sonst noch jemand da?«

»Ich hab gesagt, du bist noch nicht auf. Weil du so fertig bist. Wegen Bob Maples.«

»Wegen Bob Maples?«

»Hat sich erschossen. Um Mitternacht. Armer Kerl. Kann ihm nachfühlen, wie ihm zumute war.«

Er sah mich noch immer nicht an.

Ich machte die Tür zu und lehnte mich dagegen. Meine Augen brannten, mein Herz hämmerte. Joyce, Elmer, Johnnie Pappas, Amy, der Penner, Bob Maples. Aber er hatte nichts gewußt, er konnte nichts gewußt haben, er hatte keine Beweise. Er hatte einfach vorschnelle Schlüsse gezogen. Konnte er nicht warten, bis ich ihm alles erklärt hatte? Nein, er handelte, ohne Beweise in Händen zu haben. Wie die anderen auch.

Nur weil ich dabei war, als ein paar Leute starben, nur weil ich zufällig dabei war . . .

Ich machte mir ein kräftiges Frühstück, aber viel kriegte ich davon nicht runter. Schuld daran war wohl das Morphium, das mir den Appetit verdorben hatte. Ich aß nur einen halben Toast und trank zwei, drei Tassen Kaffee.

Dann ging ich wieder nach oben, zündete mir eine Zigarre an und legte mich aufs Bett. So etwa Viertel vor elf hörte ich, wie die Haustür aufging und wieder zuklappte, aber ich blieb, wo ich war. Ich lag noch immer auf dem Bett und rauchte, als Howard Hendricks und Jeff Plummer hereinkamen.

Howard nickte mir kurz zu und zog sich einen Stuhl heran. Jeff setzte sich ein Stück abseits in einen Sessel. Howard konnte kaum an sich halten, obgleich er sich die größte Mühe gab, sich zusammenzunehmen.

»Das, was gestern abend passiert ist, Lou«, sagte er, »gefällt mir ganz und gar nicht.«

»Verständlich, Howard. Mir gefällt es auch nicht, das dürfen Sie mir glauben.«

»Sie wissen ganz genau, wie ich es meine. Nehmen Sie diesen armen Teufel, diesen angeblichen Einbrecher und Sittenstrolch. Es hat sich herausgestellt, daß er nichts dergleichen war. Er hat an der Pipeline gearbeitet, er hatte seinen ganzen Lohn noch bei sich. Übrigens – betrunken war er auch nicht. Wir wissen inzwischen, daß er zum Abendessen gerade ein dickes Steak verputzt hatte. Er hatte nicht den mindesten Grund, in Ihr Haus einzudringen und Miss Stanton –«

»Wollen Sie etwa behaupten, daß er gar nicht hier war, Howard?« staunte ich. »So was läßt sich beweisen, wissen Sie . . .«

»Er war kein Herumtreiber, soviel steht fest.«

»Wieso steht das fest? Was hatte er hier zu suchen, wenn er es nicht auf meine Habe abgesehen hatte?«

Howards Augen begannen zu glitzern. »Lassen wir das erst mal. Aber wenn Sie glauben, Sie können sich mit Hilfe der Scheine, die Sie ihm untergeschoben haben, aus der Schlinge ziehen –«

»Was für Scheine? Ich denke, er hatte nur seinen Lohn bei sich?«

Dieser Howard ist wirklich ein dämlicher Typ. Jeder andere hätte gewartet, bis ich von selbst die gezeichneten Geldscheine ins Spiel brachte.

»Ich meine das Geld, das Sie Elmer Conway abgenommen haben, nachdem Sie ihn und diese Frau umgebracht hatten.«

Ich runzelte die Stirn. »Jetzt mal schön der Reihe nach. Weshalb hätte ich denn die Frau umbringen sollen?«

»Weil . . . Sie hatten Elmer umgebracht und mußten sie zum Schweigen bringen.«

»Und weshalb hätte ich Elmer umbringen sollen? Ich kannte ihn von klein auf. Wenn ich ihm etwas hätte antun wollen, hätte ich vorher dazu schon reichlich Gelegenheit gehabt.«

»Weil . . .« Er verstummte ziemlich plötzlich. Natürlich konnte er nicht damit herausrücken, warum ich Elmer hätte umbringen sollen. Er hatte seine Anweisungen von Chester Conway.

Howard Hendricks lief rot an. »Sie haben ihn umgebracht, soviel steht fest. Und Sie haben Joyce Lakeland umgebracht. Und Johnnie Pappas.«

»Das geht nun entschieden zu weit, Howard«, protestierte ich. »Wer hat mich denn bekniet, ich sollte mit dem Jungen reden? Wer hat gesagt, ich wäre der einzige, der ihn zu einem Geständnis bringen könnte? Und jetzt behaupten Sie, ich hätte ihn umgebracht.«

»Sie mußten ihn umbringen, um sich zu decken. Sie hatten ihm den gekennzeichneten Zwanzigdollarschein gegeben.«

»Klingt nicht gerade überzeugend. Es fehlten fünfhundert Dollar, stimmt's? Wollen Sie behaupten, ich hätte Elmer und Joyce Lakeland wegen lumpiger fünfhundert Dollar umgebracht?«

»Ich behaupte, daß . . . Johnnie war zur Tatzeit ganz woanders, er hat Autoreifen geklaut.«

»Interessant. Hat ihn jemand gesehen, Howard?«

»Ja. Ich meine, nein . . .«

Schrapnell. Hoffnungslos.

»Gehen wir mal davon aus, daß Johnnie wirklich nicht der Täter war«, sagte ich. »Sie wissen, daß ich es erst gar nicht glauben wollte. Und ich habe immer gesagt, daß er sich vor lauter Angst und Verzweiflung aufgehängt hat. Weil er das Gefühl hatte, ich, sein einziger Freund –«

»Freund? Daß ich nicht lache.«

»Möglich, daß er es wirklich nicht war. Die arme Amy ist auf ganz ähnliche Art ermordet worden wie Joyce Lakeland. Und dieser Kerl hatte, wie Sie sagten, einen großen Teil des verschwundenen Geldes bei sich. Für so einen Typ müssen fünfhundert Dollar eine Menge Geld gewesen sein. Und wenn man bedenkt, daß die beiden Morde in vielen Einzelheiten übereinstimmen . . .«

Ich lächelte harmlos, und er machte eine Weile nur den Mund auf und zu. Dann sagte er: »Das haben Sie sich alles wirklich schön zurechtgelegt. Vier, nein, fünf Morde. Sechs, wenn man Bob Maples mitrechnet, der immer zu Ihnen gehalten hat, bis zum bitteren Ende. Wie können Sie nur so abgebrüht daherreden, Ford?«

Ich zuckte die Schultern. »Einer muß ja einen klaren Kopf behalten, und daß Sie das nicht schaffen, sieht ja jedes Kind. Noch Fragen, Howard?«

»Ja. Woher hat Miss Stanton die Prellungen an ihrem Körper? Alte Prellungen, nicht die von gestern abend. Ganz ähnliche Prellungen, wie sie die Leiche von Joyce Lakeland aufgewiesen hat.«

»Prellungen? Da muß ich leider passen –«

»Pap-passen?« Er stotterte vor Wut. »Sie hatten mit dem Mädchen seit Jahren ein Verhältnis –«

»Das würde ich an Ihrer Stelle nicht sagen«, erklärte ich warnend.

»Nein«, bestätigte Jeff Plummer. »So was sagt man nicht.«

»Aber –« Howard sah ihn an, sah wieder mich an. »Na schön, ist auch gar nicht nötig, daß ich es sage. Daß Amy Stanton außer Ihnen keine anderen Männer gehabt hat, ist allgemein bekannt, also stammen die blauen Flecken von Ihnen. Sie haben Amy Stanton geschlagen. Wie Sie es mit dieser Nutte gemacht haben.«

Ich lachte bitter auf. »Und Amy hat sich das gefallen lassen, Howard? Ich habe sie grün und blau geprügelt, und sie hat sich nicht von mir getrennt? Sie war sogar bereit, mich zu heiraten! So was ist doch unlogisch. Bei jeder Frau, und ganz besonders bei Amy. Sie kennen Amy Stanton nicht, sonst würden Sie so was nicht sagen.«

Er schüttelte fassungslos den Kopf.

»Kann ja sein, daß sich Amy hier und da einen blauen Fleck geholt hat«, fuhr ich fort. »Im Haus. Oder in der Schule. Da stößt man sich schon mal, das geht jedem so.«

»Solche blauen Flecke meine ich nicht, und das wissen Sie auch ganz genau.«

»Wenn Sie denken, daß ich es war, irren Sie sich gewaltig. Sie haben eben Amy Stanton nicht gekannt.«

»Vielleicht haben auch Sie Amy Stanton nicht gekannt.«

»Ich? Eben haben Sie gesagt, wir hätten seit Jahren –«

Er zögerte einen Augenblick. Dann griff er in die Jackentasche und holte einen blauen Umschlag hervor, dem er einen Doppelbogen entnahm. Ich sah, daß er von beiden Seiten beschrieben war. Alles in allem also ein Brief von vier Seiten. Und ich erkannte die kleine, saubere Handschrift.

Howard sah auf und begegnete meinem Blick.

»Der Brief steckte in ihrer Handtasche. Sie hatte ihn offenbar zu Hause geschrieben. Sie sollten ihn unterwegs in einem Restaurant lesen. Er fängt an: Liebster Lou . . .«

»Geben Sie her.«

»Ich werd's vorlesen.«

»Es ist sein Brief«, sagte Jeff. »Geben Sie ihm schon den Wisch.«

»Na schön.« Howard warf mir schulterzuckend den Brief zu. Und ich begriff, daß er sich richtig drauf freute, mir beim Lesen zuzusehen.

»Liebster Lou,

jetzt weißt Du, warum ich Dich gebeten habe, hier anzuhalten und weshalb ich dich allein am Tisch habe sitzenlassen. Damit Du diese Zeilen lesen kannst, Dinge, die ich Dir mündlich nicht habe sagen können. Lies den Brief sorgfältig, Lou, ich bitte dich sehr darum. Ich gebe Dir viel Zeit dazu. Und wenn er ein bißchen wirr und weitschweifig ist, sei bitte nicht böse, das kommt nur daher, weil ich Dich so lieb habe und mir ein bißchen bang ist.

Ich kann Dir gar nicht sagen, wie glücklich Du mich in diesen letzten Wochen gemacht hast. Ich wünschte, auch Du könntest etwas von diesem Glück empfinden, ein kleines bißchen wenigstens. Manchmal habe ich das Gefühl, daß auch Du glücklich bist, und dann wieder . . . Ach, ich weiß nicht, Lou, manches ist schwer zu sagen, selbst wenn man es aufschreibt.

Was mich ein bißchen verunsichert hat, war wohl, daß alles so plötzlich gekommen ist. Seit Jahren gingen wir zusammen, und Du bist immer gleichgültiger geworden, hast Dich immer mehr zurückgezogen, hast Vorwände gesucht, um nicht mit mir zusammenzu-

sein. Das soll kein Vorwurf sein, ich will nur versuchen, Dir begreiflich zu machen, weshalb ich so war, wie ich war – und wie ich nie, nie wieder sein will. Vielleicht werde ich mich nicht von einem Tag auf den anderen ändern können, Lou (aber so schnell wie möglich, das verspreche ich Dir!), aber wenn Du mich nur liebst, wird es schon klappen.

Kannst Du Dir nicht vorstellen, wie mir zumute war? Alle wußten, daß ich zu Dir gehörte. Mir war das recht so, einen anderen hätte ich nie haben wollen, das war undenkbar für mich. Ich gehörte Dir, ich würde immer Dir gehören. Und nun sah es so aus, als hättest Du Dich von mir abgewandt, als machte es Dir auch noch Spaß, mich zu quälen. Du bist mir ausgewichen, so daß ich Dir nachlaufen mußte. Und wenn ich Dich zur Rede stellte, hast du den Unschuldigen gespielt. Verzeih, mein Liebling, ich werde nie, nie wieder an Dir herumkritisieren. Ich schreibe das alles nur, damit du mich verstehst. Aber richtig verstehen kann das wohl nur eine Frau, der es ähnlich gegangen ist.

Ich möchte Dich etwas fragen, Lou, aber bitte faß es nicht falsch auf. Hast Du – hast Du Angst vor mir? Hast Du das Gefühl, daß Du nett zu mir sein mußt? Schon gut, ich sage nichts mehr, aber Du weißt, was ich meine, nicht wahr?

Ich hoffe und bete, daß ich mich irre, aber ich habe das Gefühl, daß Du in einer Krise steckst, daß Dich etwas bedrückt. Mehr will ich gar nicht sagen. Nur das noch: Komme, was da wolle, Lou, ich halte zu Dir. Ich liebe Dich, und ich kenne Dich. Ich weiß, daß Du bewußt nie etwas Böses tun würdest, daß Du gar nicht fähig dazu wärst. Ich würde Dir so gern helfen. Selbst wenn wir uns dann für eine Weile trennen müßten. Vielleicht sogar für lange Zeit. Ich würde auf Dich warten, es käme bestimmt alles wieder in Ordnung, wir beide schaffen das schon. Nur muß ich wissen, was los ist, damit ich Dir helfen kann.

Du brauchst keine Angst vor mir zu haben, Lou. Aber vielleicht genügt es nicht, wenn ich das hier so einfach hinschreibe. Deshalb habe ich Dich gebeten, gerade hier anzuhalten, wo auch eine Buslinie hält. Deshalb gebe ich Dir so viel Zeit. Um Dir zu beweisen, daß Du keine Angst vor mir zu haben brauchst.

Ich kann nur hoffen, daß Du noch da bist, wenn ich an unsern

Tisch zurückkomme. Aber wenn Du nicht mehr da bist, Lou, wenn Du glaubst, daß es über Deine Kräfte geht, dann stell meine Koffer einfach an die Tür. Ich habe ein bißchen Geld und werde mir irgendwo einen Job besorgen. Ich verstehe alles, Lou, und irgendwie bringen wir das alles wieder in Ordnung, bestimmt.

Ich liebe Dich so sehr. Ich habe Dich immer geliebt, und ich werde Dich immer lieben, was auch geschieht. Auf immer und ewig, Deine Amy.«

21

Ja, was soll man da sagen? Was soll man sagen, wenn man in der eigenen Scheiße sitzt und von schweren Stiefeln immer tiefer hineingestoßen wird?

Die Antwort ist sehr einfach. Die Antwort ist, daß ein guter Mann sich nicht unterkriegen läßt. Der alte Fighter grient, rappelt sich wieder auf und schlägt zu, rasch und hart und unter die Gürtellinie. Jawohl, Sir.

Ich faltete den Brief zusammen und gab ihn Howard zurück.

»Sie war immer ein bißchen redselig«, sagte ich. »Reizend, aber zu redselig. Offenbar auch beim Briefeschreiben.«

Howard schluckte. »Mehr haben Sie dazu nicht zu sagen?«

Ich zündete mir eine Zigarre an und tat, als hätte ich die Frage nicht gehört. Jeff Plummers Sessel knarrte. »Ich hab Miss Amy sehr gern gehabt«, sagte er. »Meine vier Kinder sind alle bei ihr zur Schule gegangen, und sie war genauso nett zu ihnen wie zu den Kindern der reichen Ölbosse.«

»Sie hat wohl hauptsächlich für ihre Arbeit gelebt«, bestätigte ich.

Ich paffte meine Zigarre, und Jeffs Sessel knarrte wieder, diesmal lauter als beim erstenmal. Der Haß in Howards Augen war fast körperlich zu spüren.

»Bißchen nervös, ihr beiden«, sagte ich. »Es ist ja nett, daß ihr bei mir vorbeigeschaut habt, aber wenn ihr noch was Dringenderes zu erledigen habt, will ich euch nicht aufhalten.«

»Sie dreckiger Hurensohn, Sie –«

»So was würde ich nicht sagen, wenn ich Sie wäre.«

»Nein«, bestätigte Jeff. »Über die Mutter eines Mannes sagt man so was nicht.«

»Ach, lassen Sie doch den Quatsch. Sie Schwein, Sie haben Amy Stanton umgebracht, wir haben es ja praktisch schwarz auf weiß von ihr.«

Ich lachte. »Wann hat sie's Ihnen denn schwarz auf weiß gegeben? Nachdem ich sie umgebracht habe? Das soll mir erst mal einer vormachen.«

»Sie wissen ganz genau, wie ich es meine. Amy hat gewußt, daß Sie ihr ans Leben wollten.«

»Aber heiraten wollte sie mich trotzdem.«

»Sie hat gewußt, daß sie die anderen umgebracht haben.«

»Davon schreibt sie aber gar nichts.«

»Natürlich schreibt sie was davon, sie –«

»Kann mich nicht erinnern. Was steht denn schon groß in dem Brief? Nur das übliche Weibergefasel.«

»Sie haben Joyce Lakeland und Elmer Conway und Johnnie Pappas umgebracht und –«

»– und Präsident McKinley, was?«

Er ließ sich schweratmend auf seinen Stuhl zurücksinken. »Sie sind ein Mörder, Ford, ein mehrfacher Mörder.«

»Und warum verhaften Sie mich dann nicht?«

»Keine Bange, lange warte ich nicht mehr.«

»Ich aber auch nicht.«

»Was soll das heißen?«

»Das soll heißen, daß Sie und Ihre Leute sich auf mich eingeschossen haben, weil Conway es so wünscht, obgleich Sie keine Beweise gegen mich haben. Sie haben versucht, mich anzuschwärzen.«

»Moment mal, wir haben –«

»Sie haben es versucht, sage ich. Sie haben Jeff hier postiert mit dem Auftrag, meine Besucher zu vertreiben. Und weil Sie keine Beweise haben und mich die Leute zu gut kennen und Sie mich deshalb nicht überführen können, versuchen Sie, meinen Ruf zu ruinieren. Und mit Conways Rückenstärkung könnte Ihnen das früher oder später auch gelingen. Aber das seh ich mir nicht tatenlos mit an, darauf können Sie sich verlassen. Ich geh weg von hier.«

»Das werden Sie nicht tun, Ford. Ich warne Sie.«

»Wer sollte mich aufhalten?«

»Ich.«

»Mit welcher Begründung?«

»Mordverdacht.«

»Aber wer bringt diesen Verdacht gegen mich vor, Howard? Die Stantons? Wohl kaum. Pappas? Bestimmt nicht. Chester Conway? Soll ich Ihnen mal was sagen, Howard? Ich habe so das Gefühl, daß Conway sich bedeckt halten wird, daß er von sich aus nichts sagen oder tun wird, auch wenn Sie ihn noch so nötig brauchen. Sehen Sie die Öffnung da hinten? Das ist eine Tür, Howard, und ich halte es für das Beste, wenn Sie und Mr. Plummer so schnell wie möglich mein Zimmer durch diese Tür verlassen.«

»Aber nur zusammen mit dir«, sagte Jeff.

»Keineswegs mit mir, Mr. Plummer, das lassen Sie sich gesagt sein.«

Howard war sitzengeblieben. Sein Gesicht sah aus wie ein roter Lehmklumpen, aber er gab sich noch immer die größte Mühe, seine Fassung zu bewahren.

»Es ist auch in Ihrem Interesse, daß diese Sache ein für allemal geklärt wird, Ford. Ich fordere Sie hiermit auf, in der Stadt zu bleiben, bis –«

»Wär nett, wenn Sie die Tür recht leise hinter sich zumachen würden«, sagte ich. »Ich stehe noch unter Schockeinwirkung und möchte es nicht auf einen Rückfall ankommen lassen.«

»Ich hab Bob Maples sehr gern gehabt«, sagte Jeff. »Und Miss Amy auch.«

Ich legte meine Zigarre in einen Aschenbecher, lehnte mich in die Kissen zurück und machte die Augen zu. Der Sessel knarrte sehr laut, und Howard sagte: »Ganz ruhig, Jeff!« Und man hörte ein Geräusch, als wenn jemand gestolpert wäre.

Ich machte die Augen wieder auf. Jeff Plummer stand über mir. Er lächelte, aber nur mit den Lippen, und er hielt eine entsicherte Kanone in der Hand.

»Du willst also wirklich nicht mitkommen? Du willst es dir nicht doch vielleicht noch mal überlegen?«

Ich hörte ihm an, daß er hoffte, ich würde es mir nicht noch mal überlegen. Er wartete nur darauf, daß ich nein sagte. Und ich schätze, ich würde nicht mal dieses kurze Wort ganz herausgebracht haben, ehe ich überhaupt nichts mehr sagen konnte.

Ich stand auf und begann mich anzuziehen.

22

Hätte ich gewußt, daß Billy Boy Walker, Rothmans Anwaltsfreund, sich nicht so schnell freimachen konnte, hätte ich mich vielleicht doch weichklopfen lassen. Aber vielleicht auch nicht. Ich hatte das Gefühl, daß ich mit Höchsttempo über eine eingleisige Strecke raste. Der Zielbahnhof war schon in Sicht. Weshalb hätte ich da abspringen und das letzte Stück zu Fuß gehen sollen? Es wäre nicht logisch gewesen. Und ich bin sehr für Logik.

Den ersten Tag und die Nacht verbrachte ich in einer normalen Zelle, aber am nächsten Morgen brachten sie mich nach hinten, in das Loch, wo ich – wo Johnnie Pappas gestorben war.

Ob sie das dürfen? Klar dürfen die das, die dürfen alles, wenn sie mächtig genug sind und du nur ein kleines Würstchen bist. Anklage ist nicht erhoben worden, keiner weiß, wo du bist, und draußen hast du niemanden, der dich rausholen kann. Natürlich ist es nicht legal, aber daß mit dem Gesetz am meisten Schindluder bei den Gerichten getrieben wird, wußte ich ja schon lange.

Den ersten Tag und die erste Nacht versuchte ich mir noch was vorzumachen. Weil ich die Wahrheit einfach noch nicht verkraften konnte. Ich spielte das bekannte Spiel, das wir schon als Kinder gespielt haben. Wenn du das und das schaffst, wird alles wieder gut . . .

Ich stellte mir die wahnsinnigsten Aufgaben – und ich schaffte sie alle. Und dann brachten sie mich in die Zelle, in der Johnnie Pappas gestorben war, und ich kapierte sehr schnell, wieso sie mich nicht gleich dorthin gebracht hatten. Sie hatten die Zelle erst noch präparieren müssen. Ich hatte mich auf der Pritsche ausgestreckt und versuchte gerade, am Wasserturm hochzuklettern, ohne die Hände zu Hilfe zu nehmen, da hörte ich Johnnies Stimme.

»Hallo, ihr Lieben, hier ist es ganz toll, schade, daß ihr nicht

dabeisein könnt. Bis bald.«

Jawohl, es war Johnnies Stimme, unverkennbar. Ich sprang auf und sah mich um. Und da kam es wieder: *»Hallo, ihr Lieben, hier ist es ganz toll . . .«*

Immer wieder sagte er das, mit jeweils fünfzehn Sekunden Pause dazwischen, und nach kurzem Nachdenken kam ich drauf, was es war. Es war eine dieser Postkarten mit einer kurzen Tonspur, die man selber besprechen kann. Johnnie hatte sie auf der Messe in Dallas erstanden und seinen Leuten geschickt. Er hatte es mir erzählt, als er wieder zurück war, und ich hatte es mir gemerkt, weil ich Johnnie gern hatte und mir das meiste gemerkt hatte, was er mir erzählte. Es war ihm richtig peinlich gewesen, daß er mir keinen Gruß geschickt hatte, aber er hatte sein Geld beim Glücksspiel verloren und hatte per Anhalter heimfahren müssen.

»Hallo, ihr Lieben . . .«

Unter welchem Vorwand mochten sie wohl dem Griechen die Karte abgeschwatzt haben? Bestimmt hätte er sie ihnen nicht gegeben, hätte er gewußt, was sie damit machen würden. Er wußte, wie ich zu Johnnie stand. Und wie Johnnie zu mir stand.

Ich schätze, sie spielten die Aufnahme von fünf Uhr morgens bis Mitternacht. Genau wußte ich nie, wie spät es war, weil sie mir meine Uhr weggenommen hatten. Das Ding lief selbst dann, wenn sie mir – zweimal am Tag – Essen und frisches Wasser brachten.

Ich lag auf der Pritsche und hörte zu, oder ich saß auf der Pritsche und hörte zu. Und von Zeit zu Zeit sprang ich auf und rannte in der Zelle herum, als könnte ich es nicht mehr aushalten, seine Stimme zu hören. Ich muß meine Rolle wohl recht gut gespielt haben, denn sie ließen die Aufnahme dreieinhalb Tage laufen. Wahrscheinlich war sie dann hoffnungslos hinüber.

Danach blieb es sehr still in meiner Zelle, nur aus der Ferne hörte ich die Fabriksirenen, die auch keine rechte Abwechslung boten.

Die Zigarren und die Streichhölzer hatten sie mir natürlich weggenommen, und am ersten Tag war das ganz schön hart, weil ich mir einbildete, ich müßte rauchen. Aber eigentlich brauchte ich die Zigarren überhaupt nicht. Zigarren rauche ich seit elf Jahren, seit meinem achtzehnten Geburtstag, als Dad gemeint hatte, ich wäre nun ein Mann und sollte mich dementsprechend benehmen und Zigarren rauchen, statt ständig mit einem Sargnagel zwischen den Lippen herumzulaufen. Von da ab hatte ich nur noch Zigarren geraucht, ohne mir einzugestehen, daß sie mir eigentlich gar nicht schmeckten. Jetzt konnte ich das ganz offen zugeben, und ich hielt es auch ohne Rauchen aus.

Bis jetzt hatte mich noch niemand verhört, und ich versuchte mir einzureden, daß das ein gutes Zeichen war. Sie hatten keine Beweise. Ich hatte sie geärgert, und deshalb hatten sie mich erst mal auf Eis gelegt, aber das hatten sie schon mit vielen so gemacht. Sehr bald würden sie sich wieder abregen und mich laufenlassen, oder Billy Boy Walker würde mich rausholen.

Das war logisch gedacht – ich denke immer logisch –, aber es war eine Logik, die mir nicht weiterhalf. Eine theoretische Logik gewissermaßen.

Denn sie hatten mehrere Gründe dafür, daß sie bisher nicht versucht hatten, die Wahrheit aus mir herauszukitzeln oder gar herauszuprügeln. Erstens waren sie davon überzeugt, daß nichts dabei herauskommen würde. Einem Mann ohne Füße kannst du nicht auf die Hühneraugen treten. Und zweitens meinten sie, das auch gar nicht nötig zu haben.

Sie hatten nämlich einen Beweis, hatten ihn von Anfang an gehabt. Warum sie noch nicht damit herausgerückt waren? Erstens, weil sie ihrer Sache nicht ganz sicher waren. Mit Johnnie Pappas hatte ich sie von der Spur abgebracht. Und zweitens, weil sie ihr Beweismaterial noch nicht recht vorzeigen konnten.

Noch nicht. Bis es soweit war, würden sie mich nicht laufenlassen. Conway wollte meinen Kopf, und sie waren schon zu weit gegangen, um jetzt noch einen Rückzieher machen zu können.

Ich dachte an den Tag, an dem Bob und ich nach Fort Worth geflogen waren. Und wie uns Conway erst gar nicht dabeihaben wollte und uns dann plötzlich auf dem Flughafen herumkommandiert hatte. Völlig klar. Schon damals stand für ihn fest, daß ich dran glauben mußte.

Dann war Bob nach dem Gespräch mit Conway völlig verbiestert ins Hotel zurückgekommen. Er hatte mir nicht sagen wollen, worum es dabei gegangen war, hatte nur davon gefaselt, daß er mich von klein auf kannte und daß ich doch ein verdammt anständiger Kerl war. Immer noch nicht kapiert? Gewußt hatte ich es im Grunde schon damals. Ich hatte es nur nicht wissen wollen.

Und dann hatte Bob im Zug, in seiner Wut über meine dummen Sprüche und stockbesoffen, zu mir gesagt: »Es ist immer am hellsten kurz vor der Dunkelheit.«

Damit hatte er mir ziemlich deutlich zu verstehen gegeben, daß ich durchaus nicht auf Nummer Sicher saß, wie ich mir offenbar einbildete.

Es ist immer am hellsten kurz vor der Dunkelheit . . . Bob Maples hatte es wohl ironisch gemeint. Aber es stimmt wortwörtlich. Wenn man weiß, daß etwas auf einen zukommt, wird es einem leichter, sobald man merkt, daß es wirklich ernst wird.

Nachdem ich akzeptiert hatte, daß es dieses Beweismaterial gab und daß sie es gegen mich einsetzen würden, war der Bann gebrochen, und ich konnte endlich der Wahrheit ins Auge sehen. Es war gar nicht mal so schwierig. Wenn du an einem Felsen hochkletterst oder dich anklammerst, um nicht runterzufallen, machst du die Augen zu. Weil du weißt, daß dir sonst vielleicht schwindlig wird und du runterfällst. Aber wenn du erst mal runtergefallen bist, machst du die Augen wieder auf. Und du siehst an dem Felsen hoch und kannst deinen Aufstieg verfolgen, Schritt für Schritt.

Bei mir hatte es damit angefangen, daß Dad mich mit der Haushälterin erwischt hatte. Alle Kinder machen mal Dummheiten, besonders wenn ein Erwachsener sie dazu anstiftet. Es war im Grunde kein Kapitalverbrechen. Aber durch Dads Reaktion hatte ich das Gefühl, daß ich etwas Unverzeihliches getan hatte. Ich trug schwer an dieser Schuld, und ich bin sie nie mehr losgeworden.

Die Frau, die mich zu dieser Geschichte angestiftet hatte, war nicht mehr im Haus, ich konnte mich nicht mehr an ihr rächen für das, was sie mir angetan hatte. Aber das schadete nichts. Sie war die erste Frau, die ich je gehabt hatte, sie war *die* Frau für mich. Alle Frauen trugen ihre Züge, es war also im Grunde gleichgültig, welche ich mit meiner Rache traf. Ich schlug zu – und Mike Dean nahm meine Schuld auf sich.

Danach paßte Dad auf wie ein Schießhund. Kaum eine Stunde

ließ er mich aus den Augen. Jahre vergingen, ohne daß was passierte, und ich lernte, einen Unterschied zwischen Frauen und *der* Frau zu machen. Dad ließ die Zügel ein bißchen lockerer, er glaubte wohl, daß ich normal war. Aber gelegentlich ertappte ich mich bei diesen dummen, bösartigen Sprüchen, mit denen ich versuchte, etwas von dem furchtbaren Druck loszuwerden, der sich in mir aufgestaut hatte, und ich wußte, daß ich nicht normal war.

Hätte ich weggehen können, irgendwohin, wo ich nicht ständig an die Vergangenheit erinnert wurde, hätte ich einen Job gehabt, der mir Spaß machte, wäre es vielleicht anders ausgegangen. Aber ich konnte nicht weg, und ich hatte keinen Job, der mir Spaß machte. Ich suchte nach wie vor *sie*. Und in jeder Frau, die tat, was sie getan hatte, fand ich ihr Bild.

Ich hatte mich gegen Amys Zuneigung nicht deshalb gewehrt, weil ich sie nicht mochte, sondern gerade deshalb, weil ich sie gern hatte. Ich hatte Angst vor mir selber.

Im Grunde hatte ich ganz genau gewußt, daß Amy mich nie verraten würde. Dazu war sie zu stolz, und außerdem hatte sie mich wirklich lieb.

Auch Joyce hätte mir keinen Ärger gemacht, trotz ihrer Drohung. Dazu war sie zu clever. Und hätte sie es versucht, hätte sie nichts damit erreicht. Sie war eine Nutte, und ich war aus einer alten, angesehenen Familie.

Nein, die beiden mußten sterben, weil sie mich an meine Schuld erinnerten. Und an *sie*, die ich um dieser Schuld willen töten mußte.

Einmal hatte Mike meine Schuld auf sich genommen, und daß er gestorben war, ehe ich ihm richtig hatte danken können, ließ mich noch schwerer an meiner Last tragen. Hauptsächlich deshalb hatte ich Elmer umgebracht. Aber nicht nur deshalb. Die Conways gehörten zu Central City, zu diesem magischen Kreis, der mich gefangenhielt, gehörten zu den Selbstzufriedenen, den Heuchlern, die ich tagein, tagaus ertragen, zu denen ich nett sein, vor denen ich katzbuckeln mußte.

Bleibt der Penner. Bleiben die anderen, die dran glauben mußten. Es waren Leute, die immer nur einsteckten, die nie zurückschlugen. Weil sie nicht genug Stolz oder nicht genug Mumm hatten. Vielleicht war es das, was mich an ihnen gereizt hatte. Und vielleicht habe ich gedacht, daß ein Kerl, der sich nicht wehrt, wenn er ein Paar gesunder Arme hat, selber schuld ist, wenn er zusammengeschlagen wird. Vielleicht . . .

Ich hab ziemlich viel von einem gewissen Kraepelin gelesen. Natürlich habe ich mir nicht alles gemerkt, bei weitem nicht alles. Aber so die Hauptgedanken sind mir doch im Gedächtnis geblieben. Da hieß es etwa:

». . . schwierig zu diagnostizieren, weil selten richtig erkannt. Beginn meist mit dem Eintritt in die Pubertät, häufig durch einen schweren Schock beschleunigt. Patient leidet an schweren Schuldgefühlen . . . verbunden mit Frustration und Verfolgungswahn . . . Mit zunehmendem Alter verstärkt ausgeprägt. Nach außen jedoch machen sich krankhafte Störungen selten bemerkbar. Im Gegenteil, das Verhalten des Patienten ist völlig logisch, er argumentiert vernünftig, ja, sogar gewitzt. Er ist sich seiner Taten und ihrer Beweggründe genau bewußt . . .«

Die Rede war von einer Krankheit, die man Dementia praecox nennt. Schizophrenie. Paranoide Schizophrenie. Akut. Fortgeschritten. In Schüben auftretend. Unheilbar.

23

Ich saß acht Tage im Knast, ohne daß mich jemand verhörte. Tricks wie die Tonbandaufnahme wiederholten sich nicht. Am achten Tag, abends gegen elf, brachten sie mich in die Klapsmühle.

Ich bekam ein nettes Zimmer – es war viel besser als eins, das ich mal gesehen hatte, als ich vor Jahren einen armen Teufel hatte einliefern müssen –, und sie ließen mich allein. Aber ich sah mich noch einmal gründlich um und stellte fest, daß ich durch die kleinen Sehschlitze oben an der Wand beobachtet wurde. Klar, sie hätten mich in einem Zimmer mit Zigarettentabak und Streichhölzern und einem Trinkglas und einem Wasserkrug nicht unbeobachtet gelassen.

Ich überlegte, was sie wohl unternehmen würden, wenn ich Anstalten machte, mir die Kehle durchzuschneiden oder mich in ein Laken wickeln und es anzünden würde, aber ich überlegte nicht lange. Es war spät, und ich war ziemlich kaputt nach den Nächten auf der Pritsche. Ich rauchte zwei handgerollte Zigaretten, drückte die Stummel sorgfältig aus und legte mich ins Bett. Das Licht ließ ich notgedrungen brennen, es war kein Lichtschalter im Zimmer.

Am anderen Morgen gegen sieben erschienen eine kräftig gebaute Krankenschwester und zwei Burschen in weißen Kitteln. Die Schwester maß meine Temperatur und fühlte mir den Puls. Dann zog sie ab, und die beiden Pfleger brachten mich in den Duschraum. Sie waren nicht grob oder besonders unangenehm, aber sie sagten kein Wort mehr als unbedingt nötig. Ich sagte überhaupt nichts.

Nach dem Duschen zog ich mein kurzes Nachthemd wieder an, wir marschierten zurück zu meinem Zimmer, und einer machte mein Bett, während der andere mein Frühstück holte. Die Rühreier schmeckten ziemlich fade, und daß sie inzwischen das Zimmer saubermachten, den Nachttopf ausleerten und dergleichen, war meinem Appetit nicht gerade förderlich. Trotzdem aß ich fast alles auf und trank den dünnen, lauwarmen Kaffee dazu. Als ich fertig war, hatten sie auch mein Zimmer in Ordnung gebracht. Sie zogen ab und schlossen mich wieder ein.

Ich rauchte mit Genuß eine handgerollte Zigarette und überlegte – nein, ich brauchte nicht zu überlegen, wie es wohl sein würde, sein ganzes Leben in so einem Zimmer zu verbringen. Bestimmt nicht so gut wie jetzt. Bei weitem nicht. Im Augenblick war ich ja ein Sonderfall. Sie hatten mich praktisch entführt. Und es war nicht ausgeschlossen, daß es deswegen draußen einen mächtigen Stunk geben würde. Wäre ich ordnungsgemäß eingeliefert worden, hätten sie mich trotzdem einer Sonderbehandlung unterzogen. Einer höchst unangenehmen Sonderbehandlung.

Dafür hätte schon Conway gesorgt, ganz zu schweigen von dem lieben Doktor, den ich neulich eigenhändig aus meinem Haus geworfen hatte. Er hatte sich bisher noch nicht bei mir sehen lassen. Wahrscheinlich wußte er, daß ich ihm über war. Vor unsereinem haben schon viele wirklich gute Psychiater passen müssen. Kein Wunder. Sie haben ja nichts gegen uns in der Hand.

Manche von uns sind nämlich wirklich krank, manche aber auch nur kaltschnäuzig und clever, und manche schlicht und einfach unschuldig. Die Symptome bleiben sich gleich.

Der gute Dr. Smith machte mir also keinen Ärger. Keiner machte mir Ärger. Morgens und abends kam die Schwester, und die beiden Pfleger brachten mein Essen, gingen mit mir in den Duschraum, räumten auf und machten sauber. Am zweiten Tag – und danach täglich – durfte ich mir mit einem Rasierapparat den Bart schaben, und sie sahen zu.

Conway und den anderen wäre es, wie gesagt, lieber gewesen, ich hätte gestanden. Und deshalb zogen sie in der zweiten Nacht ihre große Schau ab.

Ich lag auf dem Bett und rauchte eine Zigarette, als plötzlich das Licht ausging, dann klickte es, und von der gegenüberliegenden Wand sah mich Amy Stanton an.

Es war ein Foto, klar. Eine Diaaufnahme, die sie mit einem Projektor an die Wand warfen. Sie kam lächelnd, aber ein bißchen gehetzt aus dem Haus, wie ich sie so oft gesehen hatte. Ich hörte sie fast sagen: »Da bist du ja endlich.« Und ich wußte, daß es nur ein Foto war, aber es sah so echt aus, daß ich ihr antwortete: »Endlich? Na, du bist gut!«

Sie hatten offenbar ein komplettes Album ausgeschlachtet. Die alten Stantons sind liebe, arglose Menschen und nicht übermäßig neugierig. Nach dieser ersten Aufnahme kam ein Bild von Amy, als sie fünfzehn war, und von da an arbeiteten sie sich langsam bis in die Gegenwart vor.

Ich sah sie auf der Abschlußfeier der High School, da war sie sechzehn, trug ein weißes Spitzenkleid und flache Schuhe und stand steif, mit brav herunterhängenden Armen, da.

Ich sah sie, wie sie auf der Vortreppe zum Haus saß und lachte – Amy war immer ziemlich schwer zum Lachen zu bringen –, weil ihr alter Hund versuchte, ihr das Ohr zu küssen.

Ich sah sie feingemacht und ein bißchen eingeschüchtert ins Lehrerseminar abreisen. Ich sah sie nach Abschluß der zweijährigen Ausbildung. Sie hatte die Hand auf eine Sessellehne gestützt und machte ein sehr erwachsenes Gesicht.

Viele der Fotos stammten von mir. Ich sah sie bei der Gartenarbeit, in alten Jeans. Ich sah sie auf dem Heimweg von der Kirche, in dem kleinen Hut, den sie sich selbst gemacht hatte. Ich sah sie, wie sie aus dem Laden kam, mit dicken Tüten beladen, sah sie auf der Schaukel, einen Apfel in der Hand, ein Buch im Schoß.

Ich sah sie mit hochgerutschtem Kleid – sie war gerade über einen Zaun geklettert. »Wehe, du knipst mich jetzt, Lou«, hatte sie mir zugerufen. »Wehe . . .« Sie war wütend gewesen über das Bild, aber sie hatte es aufgehoben.

Ich überlegte, wie viele Bilder es wohl waren, wie lange es wohl dauern würde. Sie jagten die Dias im Eiltempo durch. Kaum fing ich an, mich an einem Bild zu freuen, als sie schon das nächste einschoben.

Das, fand ich, war ein ziemlich mieser Trick. Als lohnte es sich nicht, Amy Stanton anzusehen. Dabei, verdammt noch mal, war sie eine bildhübsche, blitzsaubere Person. So eine gab's in Central City nicht noch mal.

Außerdem war es dumm, die Bilder so schnell durchzuschieben. Der Sinn der Übung war doch wohl, mich weichzuklopfen. Aber das konnte einfach nicht klappen, wenn sie mir nicht mal Zeit ließen, mir die Aufnahmen richtig anzusehen.

Natürlich würde ich mich nicht weichklopfen lassen. Im Gegenteil, mit jedem Bild wurde ich innerlich stärker und ruhiger. Aber das konnten sie ja nicht wissen. Sie hatten Mist gebaut, von Anfang an.

Gegen halb neun hatten sie mit der Vorführung angefangen, und ich hatte mir ausgerechnet, daß sie um eins oder zwei durch sein würden, aber bei dem Tempo, das sie vorlegten, war es erst elf, als das letzte Dia kam.

Ich hatte die Aufnahme vor knapp drei Wochen gemacht. Wir hatten im Sam Houston Park gepicknickt, und sie war gerade dabei, wieder in den Wagen zu steigen. Sie sah sich nach mir um, lächelnd und doch ein bißchen ungeduldig. »Kannst du dich nicht ein bißchen beeilen, Schatz?«

»Ich geb mir ja die größte Mühe.«

»Wann sehen wir uns wieder, Lou?«

»Tja, also . . .«

Ich war richtig froh, als das Licht wieder anging. Im Lügen war ich Amy gegenüber noch nie gut gewesen.

Ich stand auf, ging zu der Wand, an die sie die Dias projiziert hatten, hieb ein paarmal dagegen, rieb mir die Augen und raufte mir ein bißchen die Haare. Es war eine recht ordentliche Leistung, fand ich.

Sie sollten merken, daß mir ihre Schau unter die Haut gegangen war, sollten aber andererseits nicht denken, daß ich darüber den Verstand verloren hatte, denn so was hätte später bei einer psychiatrischen Untersuchung nicht gut ausgesehen.

Am nächsten Morgen sagten die Schwester und die beiden Pfleger nicht mehr als sonst. Ich hatte allerdings den Eindruck, daß sie mich aufmerksamer beobachteten. Ich machte ein finsteres Gesicht, starrte zu Boden und ließ von meinem Frühstück die Hälfte zurückgehen, damit sie auf ihre Kosten kamen.

Auch das Mittag- und Abendessen ließ ich stehen, was, obgleich ich mächtigen Huger hatte, kein großes Opfer war. Aber ich war übereifrig. Abends stellte ich der Schwester eine Frage, die alles verdarb.

»Zeigen Sie heute wieder die Bilder?« fragte ich und wußte sofort, daß ich einen Fehler gemacht hatte.

»Was für Bilder?« fragte sie. »Ich weiß nichts von Bildern.«

»Die Bilder von meinem Mädchen.«

Sie schüttelte den Kopf, und ihre Augen glitzerten ziemlich gemein. »Abwarten, Mister.«

»Sie sollen diesmal ein bißchen langsamer machen«, sagte ich. »Wenn sie die Dias so durchjagen, krieg ich überhaupt nichts mit.«

Sie sah mich an, als ob sie ihren Ohren nicht traute. Dann wich sie ein Stück zurück.

»Sie – Sie wollen die Bilder wirklich sehen?«

»Ja, warum denn nicht? Was ist denn dabei?«

Die Pfleger traten auf mich zu. »Ich will Ihnen aber keine Mühe machen«, sagte ich freundlich. »Wenn Sie zu viel zu tun haben, könnten Sie mir ja den Projektor ins Zimmer stellen, ich weiß, wie so ein Ding bedient wird, ich würde ihn auch bestimmt nicht kaputt machen.«

Die Nacht war mies. Es gab keine Diavorführung, und ich hatte solchen Hunger, daß ich stundenlang nicht einschlafen konnte. Ich war heilfroh, als es hell wurde.

Damit war die große Schau zu Ende, und etwas Neues kam nicht mehr. Sie meinten wohl, daß es Zeitverschwendung gewesen wäre. Von da an verwahrten sie mich nur noch. Ich sagte nicht mehr, als nötig war. Sie machten es genauso.

Sechs Tage ging das so, und langsam wurde mir doch ein bißchen mulmig. Denn inzwischen mußte das Beweismaterial eigentlich einsatzbereit sein. Am siebenten Tag war ich so ziemlich am Ende mit meinem Latein. Und dann erschien nach dem Mittagessen Billy Boy Walker.

24

»Wo ist er?« brüllte er. »Was habt ihr mit dem armen Mann gemacht? Habt ihr ihm die Zunge herausgerissen? Habt ihr seinen armen geschundenen Körper über einem langsamen Feuer geröstet? Wo ist er? frage ich.«

Er kam den Gang entlanggerannt, und ich hörte, wie mehrere Leute hinter ihm herliefen und versuchten, ihn zu beruhigen. Natürlich vergeblich. Ich hatte ihn noch nie gesehen, nur ein paarmal im Radio gehört, aber die Stimme war unverkennbar.

Sie blieben vor meiner Tür stehen, und Billy Boy begann wie ein Verrückter mit den Fäusten dagegenzuschlagen.

»Mr. Ford, armer Mr. Ford«, brüllte er. Ich glaube, die haben ihn bis nach Central City gehört. »Können Sie mich verstehen? Oder hat man Ihnen das Trommelfell durchstoßen? Sind Sie zu schwach, um zu antworten? Halten Sie aus, junger Mann, die Rettung naht.«

Wenn man das so liest, klingt es wahrscheinlich sehr komisch, aber es war alles andere als komisch. Selbst für mich, der ich ja wußte, daß sie mir überhaupt nichts getan hatten. Ich hatte in diesem Augenblick fast das Gefühl, daß sie mich tatsächlich durch die Mangel gedreht hatten.

Endlich knirschte der Schlüssel im Schloß, und er stürmte herein. Und obgleich er eine ziemlich lächerliche Figur abgab, war mir überhaupt nicht zum Lachen zumute. Er war klein und dick und hatte einen enormen Bauch, an seinem Hemd fehlten zwei

Knöpfe, und sein Nabel schaute heraus. Er trug einen ausgebeulten alten schwarzen Anzug, rote Hosenträger und einen großen Schlapphut, der ihm schief auf dem Kopf saß. Alles, was er anhatte, war irgendwie zu groß, zu formlos, aber ich konnte ebensowenig darüber lachen wie die Schwester und die beiden Pfleger und mein alter Freund Dr. Smith.

Billy Boy nahm mich in die Arme und sagte: »Armer Junge!« und tätschelte mir den Kopf. Er mußte sich dazu auf die Zehen stellen, aber auch das war nicht komisch.

Dann wirbelte er herum und packte die Schwester am Arm. »Ist das die Frau, Mr. Ford, die Sie mit Eisenketten geschlagen hat? Pfui, pfui.« Er wischte mit den Handflächen an seinen Hosenbeinen entlang und funkelte sie an.

Die Pfleger halfen mir beim Anziehen und beeilten sich mächtig. Aber Billy Boy schien es noch nicht schnell genug zu gehen. »Sadisten«, tönte er. »Folterknechte. Müßt ihr bis zuletzt eure grausamen Instinkte an diesem Mann austoben? Wollt ihr nicht endlich dieses arme, gequälte Fleisch kleiden, diese gebrochene Kreatur, die einst ein Mensch war, nach Gottes Ebenbild erschaffen?«

Die Krankenschwester stotterte vor Empörung und wurde bald rot, bald blaß. Im Gesicht des Doktors arbeitete es heftig. Billy Boy Walker griff sich den Nachttopf und roch daran. »Daraus habt ihr ihm zu essen gegeben, nicht wahr? Dacht ich's doch. Brot und Wasser aus einem Nachtgeschirr. Schande über euch. Antwortet – war es so? Ja oder nein?«

Der Arzt wackelte hilflos mit dem Kopf. Billy Boy ließ den Nachttopf fallen und nahm mich beim Arm. »Sorgen Sie sich nicht um Ihre goldene Uhr, Mr. Ford, sorgen Sie sich nicht um das Geld und den Schmuck, den diese Kreaturen gestohlen haben. Sie haben Ihre Kleider. Überlassen Sie es mir, den Rest herbeizuschaffen. Und mehr. Sehr viel mehr, Mr. Ford.«

Er schob mich vor sich her durch die Tür, dann wandte er sich noch einmal um und machte eine ausgreifende Handbewegung über die Zurückbleibenden hin. »Ihr alle – ihr habt ausgespielt. Schluß. Erledigt. Das ist das Ende.«

Er sah sie nacheinander an, und keiner sagte etwas, keiner

rührte sich. Dann nahm er mich wieder am Arm, und die drei Tore öffneten sich vor uns, ehe wir heran waren.

Er setzte sich ans Steuer des Wagens, den er sich in Central City geliehen hatte, startete mit aufheulendem Motor, und wir brausten aus dem Haupttor hinaus auf den Highway, wo große Schilder verkündeten:

Achtung! Irrenanstalt! Anhalter können flüchtige Insassen sein!

Er lüpfte das Hinterteil, angelte ein Päckchen Kautabak aus der Hüfttasche und bot mir einen Priem an. Ich schüttelte den Kopf, und er schob sich ein großes Stück in den Mund.

»Schlechte Angewohnheit«, sagte er in ganz normalem Plauderton. »Aber wenn man damit jung anfängt, kommt man im Alter nicht mehr davon los.«

Er spuckte aus dem Fenster, wischte sich mit der Hand übers Kinn und mit der Hand über die Hosen. Ich rollte mir eine Zigarette.

»Von Joe Rothman habe ich denen übrigens nichts erzählt, Mr. Walker«, sagte ich.

»Das war mir klar, Mr. Ford. Völlig klar. Wissen Sie was? Die Schau vorhin, das war alles Theater.«

»Ja, Sir.«

»Jawohl, alles Theater. Eine Angewohnheit. Wie das Tabakkauen. Nicht ich habe Sie freibekommen. Sie haben mir freiwillig gesagt, wo Sie stecken. Sie haben mich freiwillig die gerichtliche Verfügung lesen lassen. Nur deshalb sitzen Sie jetzt hier neben mir, Mr. Ford.«

»Das hab ich mir schon so gedacht.«

»Sie wissen also, was los ist. Die lassen Sie nicht laufen, dazu haben sie sich schon zu weit vorgewagt. Haben sie Beweise?«

»Ja, die haben sie.«

»Am besten schenken Sie mir jetzt mal reinen Wein ein.«

Ich zögerte, überlegte einen Augenblick, und dann schüttelte ich den Kopf. »Ich glaube, das lassen wir lieber, Mr. Walker. Sie können gar nichts machen, es kostet Sie nur unnötig Zeit, und am Ende kommen Sie und Joe noch in die Klemme.«

»Unsinn.« Er spuckte wieder aus dem Fenster. »Manches kann ich denn doch ein bißchen besser beurteilen als Sie, Mr. Ford. Sind

Sie nicht ein bißchen zu mißtrauisch?«

»Nein, ich will nur vermeiden, daß noch mehr Leute leiden müssen.«

»Na schön. Dann schildern Sie mir eine hypothetische Situation.«

Also erzählte ich ihm, was sie gegen mich in der Hand hatten und wie sie ihr Beweismaterial einsetzen würden. Ich stotterte ganz schön dabei herum, denn meine Situation hypothetisch zu schildern, war gar nicht so einfach. Aber er kapierte alles, ohne daß ich ein Wort zu wiederholen brauchte.

»Und das ist alles? Es gibt keine Zeugenaussagen?«

»Ich glaube nicht«, sagte ich. »Ich kann mich irren, aber – nein, ich halte es für unwahrscheinlich, daß sich aus diesem – Beweismaterial noch viel herausholen läßt.«

»Tja, aber dann . . .«

Ich nickte. »Ich weiß schon, was Sie sagen wollen. Der Überraschungseffekt ist weg, weil ich – ich meine, weil der Typ, von dem ich Ihnen erzählt habe . . .«

»Reden Sie ruhig weiter in der ersten Person, Mr. Ford, es ist einfacher so.«

»Trotzdem würde ich vor denen nicht durchdrehen, glaube ich. Aber früher oder später würde es wohl doch einmal passieren, da ist mir schon ein Ende mit Schrecken lieber als ein Schrecken ohne Ende.«

Er sah mich einen Augenblick nachdenklich an. »Sie möchten vermeiden, daß noch mehr Leute leiden müssen, haben Sie vorhin gesagt.«

»Ja. Wer schon tot ist, der leidet ja nicht mehr.«

»Sehr gut«, sagte er. Ob er wirklich wußte, was ich meinte, und ob er damit einverstanden war, das weiß ich nicht. Seine Auffassung von Recht und Unrecht deckt sich nicht so ganz mit den gängigen Lehrmeinungen.

»Aber trotzdem . . .« Er runzelte die Stirn. »Ich gebe nicht gern einen Fall verloren.«

»Sie geben ihn nicht verloren«, sagte ich. »Sehen Sie den Wagen hinter uns? Und den vor uns? Kreispolizei. Es war schon von Anfang an ein verlorener Fall.«

Er sah erst in den Rückspiegel und dann mit zusammengekniffenen Augen durch die Windschutzscheibe. Er spuckte und wischte mit der Hand an den Hosen entlang. »Wir haben noch eine ganze Strecke vor uns, etwa dreißig Meilen, nicht?«

»Ja, mindestens.«

»Wollen Sie mir erzählen, wie alles gekommen ist? Verstehen Sie mich recht – ich will Sie zu nichts zwingen, aber vielleicht erleichtert es Sie, und vielleicht kann ich mal jemandem damit helfen.«

»Meinen Sie, daß ich das fertigbringe?«

»Warum nicht? Vor Jahren hatte ich einen hochbegabten Arzt als Klienten, einen überaus sympathischen Mann, der förmlich im Geld schwamm. Er hatte etwa fünfzig Abtreibungen vorgenommen, ehe sie ihn erwischten, und sämtliche Patientinnen waren an den Folgen der Abtreibung gestorben. Er hatte dafür gesorgt, daß sie starben. An Bauchfellentzündung. Er hat mir erzählt, warum er es getan hat. Er hatte einen jüngeren Bruder, der aufgrund einer mißglückten Abtreibung in einer späteren Phase der Schwangerschaft mißgebildet zur Welt gekommen war. Er hatte mit ansehen müssen, wie dieses halbfertige Kind über Jahre unter Qualen dahinstarb. Er hat diese Erfahrung nie verwunden. Wahnsinn? Als einzige juristische Definition gilt, daß der Zustand die Verwahrung des Kranken erfordert. Der Mann lief, als er jene Frauen umbrachte, frei herum, folglich galt er als normal. Auf mich jedenfalls hat er immer einen sehr normalen Eindruck gemacht.«

Er schob den Priem im Mund herum, kaute einen Augenblick und fuhr fort: »Ich habe nie Jura studiert, sondern mir meine Kenntnisse bei einem Anwalt angeeignet. Die einzige höhere Schulbildung, die ich habe, sind ein paar Jahre an einer Landwirtschaftsschule, und die waren, wenn man es recht betrachtet, reine Zeitverschwendung. Fruchtwechsel? Fehlanzeige, wenn die Banken dir nur Kredit auf Baumwolle geben. Bodenkonservierung? Terrassieren, Dränage, Säen und Pflügen längs der Höhenlinie – solche Raffinessen sind für kleine Pächter nicht drin. Reinrassiges Vieh? Schaff du dir mal statt deiner halbwilden Spitzrückenschweine das reinrassige schwarzweiße Hausschwein an, wenn du kein Geld hast. Nur zwei nützliche Sachen hab ich auf dem Seminar gelernt, Mr. Ford. Die erste war, daß ich auch nicht schlechter bin als die Leute, die im Sattel saßen, und daß ich deshalb ruhig den Versuch machen konnte, sie runterzuholen und selber zu reiten. Und die zweite war eine Definition aus einem landwirtschaftlichen Lehrbuch, durch die ich begriffen habe, daß es bei allen Dingen immer auf den Standpunkt ankommt. Die Definition hieß: Ein Unkraut ist eine Pflanze am falschen Platz. Eine Stockrose auf meinem Feld ist Unkraut. Eine Stockrose in meinem Garten ist eine Blume. Sie stehen in meinem Garten, Mr. Ford.«

Also erzählte ich ihm, wie alles gekommen war, und er nickte und spuckte und achtete dabei noch auf den Verkehr, ein dicker komischer kleiner Kauz mit einem so großen warmen Verständnis, daß man alles, was an ihm komisch war, darüber vergaß. Er verstand mich besser als ich mich selber.

»Ja, Sie mußten den Menschen entgegengehen, Sie mußten sich einreden, daß Sie die Menschen gern hatten, um dieses tiefe, unbewußte Schuldgefühl zu kompensieren«, sagte er. Oder: »Natürlich wußten Sie, daß Sie nie aus Central City weggehen würden. Die übertriebene Fürsorge Ihres Vaters hatte Ihnen Angst vor der Welt da draußen gemacht. Es gehörte zu der Bürde, die Sie zu tragen hatten, daß Sie in Central City bleiben und leiden mußten.«

Ich schätze, daß von den hohen Tieren unseres Landes kaum je ein Mensch so angefeindet worden ist wie Billy Boy Walker. Aber noch nie hatte ich einen Menschen kennengelernt, zu dem ich so unumschränktes Vertrauen hatte. Wahrscheinlich kam es eben hier auch auf den Standpunkt an.

Als wir vor meinem Haus angelangt waren, hatte ich ihm alles erzählt. Er blieb noch einen Augenblick im Wagen sitzen, spuckte und dachte nach.

»Soll ich ein bißchen mit hineinkommen, Mr. Ford?« fragte er dann.

»Ich glaube nicht, daß das klug wäre«, sagte ich. »Ich hab so das Gefühl, daß es jetzt nicht mehr lange dauern wird.«

Er holte eine alte Taschenuhr hervor und warf einen Blick darauf. »Mein Zug geht erst in zwei Stunden. Aber vielleicht haben

Sie recht. Es tut mir leid, Mr. Ford, ich hätte Sie, wenn ich sonst schon nichts für Sie tun konnte, gern hier herausgeholt.«

»Ich hätte doch nicht mitkommen können. Es ist so, wie Sie sagen: Ich bin hier angebunden. Solange ich lebe, werde ich nie frei sein.«

25

Du hast überhaupt keine Zeit, aber es kommt dir vor, als ob du die ganze Ewigkeit zur Verfügung hast. Du hast nichts zu tun, aber es kommt dir vor, als wüßtest du vor Arbeit nicht wohin.

Du kochst dir Kaffee und rauchst ein paar Zigaretten, und die Uhrzeiger scheinen verrückt zu spielen. Sie haben sich, seit du zum letztenmal hingesehen hast, kaum von der Stelle bewegt, aber inzwischen ist eine Hälfte, sind zwei Drittel deines Lebens vorbeigegangen. Du hast noch eine Ewigkeit, aber die Ewigkeit kommt dir sehr kurz vor.

Du gehst ins Sprechzimmer und nimmst das eine oder andere Buch aus dem Regal, du liest ein paar Zeilen, als hinge dein Leben davon ab, ihnen den richtigen Sinn zu geben. Aber du weißt, daß es in deinem Leben keinen Sinn mehr geben kann, und du fragst dich, wie du auf so eine Idee kommen konntest, und du ärgerst dich.

Du gehst ins Labor, wirfst die Flaschen und Schachteln auf den Boden und trittst und trampelst auf ihnen herum. Du greifst dir die Flasche mit der hundertprozentig reinen Salpetersäure und ziehst den Gummistopfen heraus, du gehst damit ins Sprechzimmer und übergießt die Bücher damit, und du siehst zu, wie die Ledereinbände anfangen zu rauchen und zusammenzuschnurren.

Du gehst zurück ins Labor und holst die Vierliterflasche Alkohol und die Schachtel mit den langen Kerzen, die für Notfälle bestimmt sind.

Du gehst nach oben und dann die kleine Treppe zum Speicher hinauf. Und dann gehst du hinunter bis in den Keller. Und dann bist du wieder in der Küche, und deine Hände sind leer, die Kerzen sind weg und der Alkohol auch.

Du setzt den Kaffeetopf auf, rollst dir noch eine Zigarette, holst ein Tranchiermesser aus einer Schublade und schiebst es in den

Ärmel von deinem rosa Hemd mit der schwarzen Fliege.

Du setzt dich mit deinem Kaffee und der Zigarette an den Tisch und beugst und streckst den Arm, weil du ausprobieren willst, wie tief du den Arm senken kannst, ohne daß das Messer herausfällt.

Und du denkst: Wie kann man jemanden leiden lassen, der schon tot ist?

Du überlegst, ob du alles so gemacht hast, daß nichts mehr übrigbleibt, kein Rest, und du weißt, daß du alles richtig gemacht hast. Du weißt es, weil du diesen Augenblick schon vor einer kleinen Ewigkeit geplant hast.

Du schaust zur Decke hoch und horchst in den Himmel hinauf. Ja, das ist die Maschine, sie kommt von Osten, aus Fort Worth. Es ist die Maschine, die sie an Bord hat.

Du siehst zur Decke auf und nickst und lächelst und sagst: »Lange nicht gesehen, Joyce. Wie geht's denn so?«

26

Nur so aus Spaß linste ich mal eben durch die Hintertür, und dann schlich ich geduckt ins Wohnzimmer und sah aus dem Fenster. Es war so, wie ich es mir gedacht hatte. Sie hatten das Haus von allen Seiten umstellt. Männer mit Winchester-Büchsen, meist Deputies, und ein paar »Sicherheitsbeamte« aus Conways Laden.

Es wäre ein großer Jux gewesen, sie sich genauer anzusehen, vor die Tür zu treten und ihnen einen Gruß zuzurufen, aber es wäre auch für sie ein großer Jux gewesen, und den gönnte ich ihnen nicht. Außerdem waren einige dieser Sicherheitsbeamten ein bißchen zu schießwütig für meinen Geschmack, sie hätten ihrem Boß bestimmt gern gezeigt, daß sie auf Draht waren, und ich hatte vorher noch was zu erledigen.

Ich mußte alles fertigmachen für die große Reise. Ich ging noch einmal durchs Haus, sah nach dem Alkohol, den Kerzen, machte beim Hinuntergehen sorgfältig alle Türen hinter mir zu und setzte mich wieder an den Küchentisch.

Die Kaffeekanne war leer. Es war noch ein Zigarettenpapier da und genug Tabak für eine letzte Zigarette, und es stellte sich heraus, daß es auch mein letztes Streichholz war. Wirklich, es ging alles ganz genau und ohne Rest auf.

Ich rauchte die Zigarette und sah zu, wie der graurote Aschenkegel meinen Fingern immer näherrückte. Und dann hörte ich einen Wagen in die Einfahrt rollen, ich hörte zwei Türen schlagen, ich hörte, wie sie durch den Vorgarten gingen, hörte sie auf der Treppe, auf der Veranda. Ich hörte, wie die Haustür aufging und sie hereinkamen. Die Asche war heruntergebrannt, die Zigarette war tot.

Ich legte sie in meiner Untertasse ab und sah auf.

Erst sah ich aus dem Küchenfenster, auf die beiden Typen, die draußen Wache schoben. Dann sah ich die anderen an: Conway und Hendricks, Hank Butterby und Jeff Plummer und noch zwei, drei, die ich nicht kannte.

Sie ließen mich nicht aus den Augen, während sie ihr Platz machten, und dann stand Joyce Lakeland vor mir.

Ihr Hals steckte in einem Gipsverband, der ihr bis zum Kinn ging, wie ein Kragen. Sie ging mit steifem Rücken und ruckartigen Bewegungen. Ihr Gesicht bestand hauptsächlich aus Mull und Pflaster, man sah nur ihre Augen und ihre Lippen. Sie versuchte etwas zu sagen, ihre Lippen bewegten sich, aber sie hatte keine richtige Stimme mehr, es wurde nicht mehr als ein Flüstern daraus.

»Lou, ich habe nicht . . .«

»Klar, Baby, das hab ich mir doch gedacht.«

Sie kam auf mich zu, und ich stand auf und hob den rechten Arm, als wollte ich mir das Haar zurückstreichen. Sie hatte keine Angst. Wovor sollte sie auch Angst haben?

». . . nicht so, Lou. Nicht so . . .«

»Klar, Baby, ist mir völlig klar.«

»Jedenfalls nicht, ohne –«

»Zwei Herzen schlagen zusammen«, sagte ich und schüttelte mich vor Lachen. Und dann stürzte ich mich auf sie.

Genau wie sie es sich ausgerechnet hatten. Beinah jedenfalls. Es war, als hätte ich ein Zeichen gegeben, denn plötzlich quoll der Rauch durch die Fußbodenritzen, und die Küche war voll von Geschrei und von Schüssen, und ich lachte und stimmte in das Geschrei ein, denn das Messer zwischen ihren Rippen war die schönste Pointe, die ich mir wünschen konnte. Und wenn sie nicht gestorben sind . . .

Ja, das wär's dann wohl. Es sei denn, daß sie unsereinem da drüben noch eine Chance geben. All den Leuten, die von Anfang an die schlechtesten Karten hatten. Die sich so viel gewünscht und die so wenig bekommen haben. Die es so gut meinten und denen es so schlecht ausgegangen ist. Mir, Joyce Lakeland, Johnnie Pappas, Bob Maples, dem dicken Elmer Conway und der kleinen Amy Stanton. Uns allen.

Uns allen.

In Deutschland sind wir in der gleichen Situation wie die Angelsachsen: Die Entdeckung Jim Thompsons steht noch bevor! Es erscheint kaum glaublich, daß ein so wichtiger Autor des Kriminalliteraturgenres bisher lediglich in den romanischen Ländern wirklich gewürdigt wird. Das vorliegende Buch, ein Klassiker, der Thompson ins Pantheon der Großen der Kriminalliteratur katapultierte, ist zwar bereits 1970 schon einmal in Deutsch erschienen, aber blieb leider völlig unbeachtet. Auch Peckinpahs Verfilmung von THE GETAWAY (bei Ullstein in Vorbereitung) brachte Thompson nicht den wohlverdienten Ruhm. Es ist zu hoffen, daß sich das durch eine sorgfältige Werkausgabe bei Ullstein jetzt ändert.

James Myers Thompson – seine ersten Erzählungen erschienen unter seinem vollständigen Namen oder unter Pseudonymen – wurde 1906 in Anadarko, Oklahoma, geboren. Er begann bereits mit vierzehn Jahren zu schreiben und verkaufte seine erste Novelle mit fünfzehn. Während seiner Studienjahre am College und auf der Universität von North Carolina veröffentlichte er regelmäßig Geschichten in Pulp-Magazinen wie *True Detechtive*. Außerdem war er Chefredakteur des *Saga Magazine*.

1931 lernte er seine Frau Alberta kennen, die er noch im gleichen Jahr heiratete. Aus der Ehe gingen sechs Kinder hervor. 1942 erschien sein erster Roman: NOW AND ON EARTH. 1952 schaffte er mit dem hier vorliegenden Roman THE KILLER INSIDE ME für kurze Zeit den Durchbruch, der ihm literarische Anerkennung und einen Ruf nach Hollywood einbrachte. Dieses Buch stand sogar einige Jahre auf den Leselisten verschiedener Universitätsseminare. Nach Aussage von Arnold Hanno, einem engen Freund von Thompson und verantwortlicher Kriminalliteraturlektor bei Thompsons Stammverlag Lion Books, entstand der Roman in nur zwei Wochen. Thompson selbst bezeichnet es als sein liebstes Buch. Der Roman erschien, wie alle weiteren Werke von Thompson, als Taschenbuchoriginalausgabe. Sicherlich ist das auch einer der Gründe, weshalb die Literaturkritik in den USA an ihm ignorant vorübergegangen ist. Dieses Schicksal teilte Thompson mit vielen Autoren der 50er und 60er Jahre, die direkt, ohne Umweg über eine Hardcover-Ausgabe, für die Taschenbücher schrieben. Zu Beginn der 50er Jahre war das große Pulp-Magazinsterben bereits beendet. Das neue Medium Taschenbuch hatte, zum Teil wegen der besseren Vertriebsmöglichkeiten, den Platz der Magazine eingenommen.

Die Beachtung von KILLER INSIDE ME brachte Thompson einen Drehbuchautorverlag in Hollywood. Dort arbeitete er mehrere Jahre als Autor für Stanley Kubrick. Für ihn schrieb er so bedeutende Filme wie dessen Erstling THE KILLING und den wichtigsten amerikanischen Antikriegsfilm der 50er Jahre THE PATHS OF GLORY. Mit Kubrick ging Thompson im Krach auseinander; es kam sogar zu einem Prozeß.

Bereits ganz am Anfang seiner schriftstellerischen Karriere hatte er Marx gelesen und – wie er mit eigenen Worten sagte – »begonnen, die Welt zu verstehen«, was sich in seinem Werk mit einem sehr bewußten Blick für die Ungerechtigkeiten in *Gods Own Country* niederschlägt. Das führte sogar dazu, daß er unter McCarthy auf dessen ominöser Schwarzen Liste stand. Da er aber als Autor nahezu unbekannt war, brachte ihn das nicht weiter in Verlegenheit.

Im Gegensatz zu seinen Romancharakteren war Thompson im Leben ein geselliger, freundlicher, loyaler und liebenswürdiger Mensch, der sich nicht vorstellen konnte, daß ihm jemand bewußt Schaden zufügen könnte. Auf dem literarischen Gebiet gehörte seine höchste Bewunderung Raymond Chandler, mit dem er zeitweilig den Agenten teilte. Leider trafen sich beide nie; Chandler lebte ausschließlich in Los Angeles, während Thompson meistens in New York oder an der Ostküste zu finden war. Stilistisch und thematisch weisen beide Werke allerdings nicht die geringsten Berührungspunkte auf.

In den 50er und 60er Jahren erreichte er den Höhepunkt seines Schaffens; insgesamt schrieb er achtundzwanzig Romane, darunter auch einige Adaptionen von Drehbüchern und Fernsehfilmen. Er schrieb auch für Fernsehkrimiserien. Trotzdem nahm und nimmt die angelsächsische Kritik, die schon weniger wichtige Autoren zu Stars gemacht hat, kaum Notiz von ihm. In den einschlägigen Werken der Sekundärliteratur sucht man seinen Namen vergeblich. In Frankreich dagegen, wo seine Bücher in der angesehenen Reihe *Serie Noire* des Gallimard-Verlages erscheinen, fand er sehr schnell höchste Beachtung und avancierte zu einem Kultautor, den die Franzosen auf eine Stufe mit Chandler und Hammett stellen.

Seine Bewunderung für Chandler drückt sich auch darin aus, daß er 1975 in Dick Richards Chandlerverfilmung FAREWELL MY LOVELY in einer kleinen Nebenrolle (als Mr. Grayle) auftrat.

Jim Thompson starb 1977. Sein letzter Roman, KING BLOOD, war 1973 in England erschienen.

THE KILLER INSIDE ME ist heute ein Klassiker der Kriminalliteratur. Erstmals wurden in diesem Roman Elemente der amerikanischen *hard boiled school* konsequent mit den Erkenntnissen der Psychoanalyse zum wichtigsten Bestandteil eines Romans. Daß die Erzählung vom Täter selbst vorgetragen wird, ist heute natürlich nicht mehr ungewöhnlich, aber 1952 war dies doch sehr gewagt; bedenkt man noch, daß der Mörder ein Angehöriger der Polizei ist und das Buch zur Zeit der Terrorherrschaft des Senator McCarthy erschien, muß man es auch als ein mutiges Buch bezeichnen. Genreimmanent stellte es zusätzlich den gerade seinen Siegeszug in der Beliebtheit des Publikums beginnenden *Polizeiroman* auf den Kopf. Der Roman wurde 1975 von Burt Kennedy mit Stacy Keach als Lou Ford verfilmt; allerdings fand die Verfilmung nicht Thompsons Begeisterung. Ebensowenig gefiel ihm Peckinpahs GETAWAY. Der französische Filmregisseur Alain Corneau, der von der Kritik schon als Jean-Pierre-Melville-Nachfolger gefeiert wird, drückte es so aus: »Im Gegensatz zu Hammett und Chandler sind die Amerikaner nicht dazu in der Lage, Thompson zu verfilmen. Nehmen wir zum Beispiel GETAWAY. Die Figuren werden für die Verfilmung um 180° gedreht, das Buch um mindestens ein Drittel gekürzt. Die Personen und das Thema des Romans wurden an die Seite gedrängt. Doc McCoy ist im Buch ein viel düsterer Charakter als Steve McQueen, und die philosophischen Dimensionen gingen völlig verloren.« Corneau, der sich vergeblich um die Filmrechte von Thompsons Roman POP

1280 bemühte, gehört zu den vielen Bewunderern von Thompson.

Marcel Duhamel, der Herausgeber der *Serie Noire*, erinnert Thompson an Henry Miller, Taylor Caldwell und Céline. Er sagte über ihn: »Thompsons Werk unterscheidet sich grundlegend von mittelmäßigen Kriminalautoren; er besitzt einen völlig eigenen Stil und eine höchst individuelle Weltsicht.« Thompson sagte einmal auf sein eigenes Werk bezogen: »Alle Schriftsteller der Weltliteratur, angefangen beim *Don Quijote*, haben nur ein Thema: Die Dinge sind nicht das, was sie scheinen.« Das trifft eine Darstellung von Thompsons Welt ziemlich genau: Lou Ford scheint ein sympathischer, menschenfreundlicher Deputy Sheriff zu sein und ist doch in Wirklichkeit ein getriebener psychopathischer Killer. Besonders die demokratischen Kontrollinstitutionen und staatlichen Instanzen zeigen sich hinter den Kulissen nicht als das, als was sie gedacht sind. Thompson zeigt in jedem seiner Romane ein schwarzes Bild der Vereinigten Staaten. Er zeigt, wie sehr Gewalttätigkeit, Machtstreben und Korruption mit der amerikanischen, kapitalistischen Gesellschaft verbunden sind. Kein anderer Kriminalliterat vor ihm, außer Hammett vielleicht, ist so weit gegangen und ähnlich pessimistisch. Thompson ist der schwärzeste und düsterste Autor der amerikanischen Kriminalliteratur.

Psychoanalyse und materialistische Soziologie sind die wichtigsten Ingredienzien der Thompson Romane. Lou Fords Sadismus liegt in Kindheitserfahrungen begründet. Andererseits bestimmen und verstärken die ungesunden Umwelteinflüsse seine psychischen Dispositionen.

Ford ist zwar auf der einen Seite eiskalt und führt seine Morde, die einander nachziehen, mit emotionsloser Präzision aus. Auf der anderen Seite ist ihm seine Krankheit voll bewußt und er leidet darunter, versucht sie loszuwerden. Ford ist nicht nur ein Getriebener, er ist auch ein Verzweifelter. Wenn die psychischen Dämonen aus Thompsons Helden hervorbrechen, gibt es keine Möglichkeit mehr, sie unter Kontrolle zu bringen. Lediglich in einem Roman, CROPPERS CABIN aus dem gleichen Jahr, gelingt es dem Protagonisten, seinen »inneren Dämon« zu überwinden und durch die Liebe einer Frau beherrschen zu lernen. Dieser für Thompson optimistische Roman gehört deshalb auch zu seinen schwächeren Büchern. Der hier vertretene Optimismus wirkt unglaubwürdig und bricht die vorangegangene Erzählung, führt sie ad absurdum. Thompson belegt immer wieder die pessimistische These, daß die Bande an die Vergangenheit und die damaligen psychischen Fehlentwicklungen nicht zu sprengen sind. In Thompsons Welt ist die Kreatur ohnmächtig dem Walten des Schicksals und der gesellschaftlichen Machtverhältnisse ausgeliefert. Bestenfalls kann sie sich durch äußerste Brutalität für einige Zeit einen Freiraum erkämpfen.

Die völlige Kommunikationsunfähigkeit und psychische Disharmonie drückt sich bei den Thompson-Helden auch darin aus, daß sie immer das Gegenteil davon tun, was sie gerade als Absicht verbalisieren. Sie fühlen sich immer bedroht – von außen und von innen. Die Umwelt ist für sie ebenso bedrohlich wie ihre Innenwelt, aus der jederzeit der psychische Dämon hervorbrechen kann. Andererseits sind sie, trotz des Bewußtseins der gesellschaftlichen Mißverhältnisse, so stark konditioniert, daß sie das soziale Gefüge nie in Frage stellen. Gesellschaftskritik kommt bei Thompson durch die exakte, unpolemische Bestandsaufnahme der Realität zum Ausdruck.

Kriminalliterarisch folgten einige Autoren dem von Thompson eingeschlagenen Weg: Zu seinen wichtigsten Nachfolgern oder Begleitern gehören David Goodis und Lionel White; ebenfalls zwei Autoren, deren Ruhm in Frankreich größer als im angelsächsischen Sprachraum ist.

Martin Compart

Ed McBain

Kings Lösegeld

Krimi mit dem
87. Polizeirevier

Ullstein Buch 10062

500 000 Dollar Lösegeld soll Douglas King den Kidnappern zahlen, die seinen achtjährigen Sohn Bobby entführt haben.
Doch die Verbrecher haben sich geirrt: Nicht Bobby King ist ihnen in die Hände gefallen, sondern Jeff, der Sohn von Kings Chauffeur.
Trotzdem fordern sie die 500 000 Dollar. Sonst würde Jeff sterben.
Aber King zögert mit der Zahlung. Soll er seine ganze geschäftliche Zukunft für ein fremdes Kind opfern?

»Ed McBain ist einer der beliebtesten und erfolgreichsten Krimi-Autoren unserer Zeit.«
Welt am Sonntag

ein Ullstein Krimi